KB234104

게임 테이블

게임 테이블

윤효 시집

문학동네

그들은 육체에 내기를 걸었다.
그러나,
게임에서 질 것을 알고 있었다.
-카뮈

언제, 어디서나
희망은 창녀처럼 손을 내민다.
-카프카

自序

이 시들은 한 시절 병의 기록들이다.
난 낭만주의자였으므로 추락엔 가속도가 붙었다.
높이 솟아오르려는 만큼 더 깊이 떨어졌고
낙법(落法)을 알지 못했으므로 어둠에 삼켜졌다.

불길한 저편의 사자(使者)들처럼 나를 관통해가던 이미
지들

지금 돌이켜보면 너무 어둡다…… 젊어서일까?
그러나 생엔 슬픔이 몸을 눕힐 자리도 필요하고
때로 그와도 친구가 되어야 하니
'당신들' 속에 은둔한 슬픔들이여, 뛰쳐나와
여기 이 어둠의 편린늘과 동정하며 한껏 놀아보시길.

1997년 가을
윤효

차 례

제3부

제1부

<u>프로포즈</u>

나는 폐허입니다
가-없는 이 미친 사랑의 제단
무너지고 또 무너집니다
다시 솟구쳐
또다른 사랑의 예감에 덜컹이는
허술한 마음의 문짝
녹슨 문고리 툭
떨어져

누군가 다가와
내 숨죽인 영혼의 떨림판을 뒤흔들어주시길.

아침 식사

눈부시도록 흰 식탁보를 깔아주세요
정결한 시작이잖아요
칙칙하게 패인 홈들은 죄 숨어야 해요
푸른 불꽃 위에선 하루치의 욕망이 그을린 냄비에 담겨
바글바글 끓고 있군요
내장이 쑥 뽑힌 생선이 흥건하게 누워 있구요
허연 골, 탱탱한 알들이 뒤엉키며
고단한 두 눈동자도 불투명하게 익어가는데
어머니, 캄캄하세요? 편안하세요?
흐린 뒤척임도 없이 고스란히 익어가는 당신의 생애
푸들푸들 해체되는 살점 위로
벌건 고춧가루, 칼칼한 슬픔을 듬뿍 뿌려
휙 몸을 날린 쑥갓도 단숨에 풀이 죽는 열탕에서
그 중심에서
오그리고 앉아
덜덜 떨며 뼈를 발라 내미는 흐벅진 살
이 빛 속에서
아아
난 모, 못 먹겠어요.

피크닉

　순환선 밖으로 나갈까? 아프도록 청명한 날 교외선을
탄다, 급조된 위성도시의 공격적인 선(線)들, 질척한 미로
의 다닥다닥 붙은 집들, 고단한 가장은 네살배기 아이의
손을 꼬옥 잡는다, 무게가 실팍한 꿈 한 송이, 융자만 다
갚으면…… 엽서 같은 풍경 획획 스치는데 난 이게 싫어
요, 멀리선 시시해 뵈는, 아내의 파리한 입술이 바르르 떨
고, 한밤중에 깨어 붉은 고무장갑을 패대기치며, 생이 이
토록 질겨지다니, 오열을 터뜨리던 걸 외면의 침묵으로 아
이를 더 꽉 끌어안으면 철없는 유원지 풍경 스쳐가고, 죽
을 듯 앞으로 가도가도 더더욱 퇴행하는 듯…… 한 발짝만
물러서면 거짓말 같은

　전생의 풍경일까? 초록 지천의 숲, 무연한 호숫가, 절정에
서 익는 충혈된 해, 그는 아내의 앙상한 무릎을 베고 눕는
다 저 하늘을 가려주겠어? 왜 하필 당신이었을까 그녀의
눈물 한방울 그의 눈으로 스며 녹아드는 뼈, 돌연 운동화
한 짝을 잃어버렸어요! 아이가 흰 나비처럼 팔랑서녀……
찰칵, 셔터를 누르자

　다음날 인화해보니
하, 아무것도 없다……

생채화

1

노을이다
망연히 부푼 배 뒤집으며
거꾸로 하늘에 매달린
저 검붉은 해, 고집덩어리
빈혈이야
먹어도 먹어도 배부르지 않는
천형의 병을 더 견딜 수 없어
다락에 유폐된 늙은 처녀
빨랫줄로 목을 매어버려, 먼 바다가 마르도록
주루룩 눈물 홍수, 그 염도에
베란다의 꽃들 죄 죽는다, 죽어……

2

좌판이다, 미끈한 몸통의 생선들
축 늘어진 물오징어 옆 사나운 갈치
제 근원을 떠난 바닷것들

팔딱팔딱 몸 뒤집어, 쯧 무용한 발악이지
부르튼 살갗의 노파
칼금 범벅의 도마 위
무딘 식칼로 내리찍는다, 시퍼렇다 못해
둔중해진 원한을
단칼에 베어주진 못해
사정거리를 벗어날 수도 없어, 타닥
요동치며, 착오예요, 다시 덜미를 틀어잡혀
소금에 쓰라린 살갗을 부벼도
선홍빛 아가미 뻐끔거리며
이 자상(刺傷)투성이의 육체로
살아 남겠어요, 결연히!

3

굵은 밧줄을 타고 측벽을 기어오르는 그
하역 인부다
축조중인 잿빛 건물의 골격을 휘감으며
저 도시의 푸른 적막

아찔한 현기증
투항하듯 팔을 활짝 벌린 창백한 빨래들
다리가 후들거린다, 일생이 흔들린다
켜켜의 돌덩이를 지고 죄의 골고다로 오르는
긴긴, 지루한 순교지……
허수아비처럼 풍덩한
바짓자락 펄럭이며
버리고 또 버리라고……

감광되지 않는 젖은 필름 같은 이
가혹한 찰나를 날려버릴 화약
빌딩과 빌딩 사이를 후욱 건너뛰려는 듯
결단에 냉소하듯
저런, 무정하게 회전하는 지구.

4

굴다리 밑 푸른 천막 속
오도카니 앉은 노인

전설처럼 느긋이
가부좌를 튼 채
웃음도 없이
두루마리 화장지를 오래오래 풀어뜨린다
희고 얇은 길들이 하염없이 풀리고
계집아이들 당돌한 구둣발로
꽝꽝 짓밟고 간다, 까르르
너울거리는 길들의 춤
머리 위 철길의 유장한 기적소리에
시장통의 생애가 통째 먹힌다.

직녀(織女)

　탱탱한 만삭의 달이 뜬다 희고 둥근 젖가슴, 두 무덤 위
로 혼곤한 미열에 달뜬 그녀 어둠을 베어먹던 푸른 입술로
뛰쳐나와…… 바르르 떠는 문풍지…… 흰 그림자가 덜컹이
는 베틀, 형틀에 앉아

　기다리는 이가 오지 않으리라는 것쯤
　잘 알고 있어요
　그저 이 열망 끊어낼 수 없어 혹독하게 앓는 병
　허연 뇌수에서 올올이 실을 뽑아
　다시 욕망을, 그 죄를 짭니다

　서서히 지문(指紋)이 삼켜지고, 종이 허리 꺾여, 붙박인
한 생애조차 바수어지는데

　어느 날 내 생 속으로 홀연 들어선 그가
　날아가는 시간을 툭 꺾어
　둥글게 구부려 내 목에 걸어주셨지요
　그 환(幻) 속에서 난 처음으로 빛났어요, 덩덩 울렸어요,
그만 갇혀버렸구요

푸르스름한 파문 속에 잠겨, 촘촘한 절망의 씨실 날실에
꽉 끼어, 발자국마다 후욱 터지는 어혈(瘀血)들, 내부가 파
괴된 채 허공 한자락에 거꾸로 대롱거리는 빈사의 처녀.

실종자들

1

그가 떠난단다
배낭도 나침반도 없이 모두 훌훌 버리고
숨겨둔 밀실의 설계도를 찢고
생의 증명 같은 낡은 가죽 구두에서 발을 뽑는다
세일즈를 하며 집집의 숨은 비밀을 죄 눈치 채버린 그
꽝꽝 눈앞에서 문이 닫히는 소리에 파열하며
더이상 고개를 숙이지 않는다
족쇄의 흔적들을 지우며
그의 아내는 조바심이 났다
손가락 새로 새어나가는 빛, 시간처럼 그도
흘러갈 건가
죽어버리겠다는 위협도 통하지 않는다
더이상 먹이가 필요치 않은 거다
적의조차 없는 청명한 눈
마른 갈대처럼 기꺼이 휘어지며
그의 증발 역시 사회적인 것일까?
사랑조차 짐스럽다며
이 난투극의 구도로부터 스르르 빠져나간다

어느 먼 훗날 TV 화면 속, 지도에도 없는 바다,
유유히 헤엄치는 흰 고래, 물장구치며
푸른 물살 속을 다시 아이처럼 미끈한 몸으로 유영하니
그만 안아줄 수도 없지
당당히 자연의 한 컷으로 박혀 있으니……

2

그녀를 본 적이 있나?
프로야구장 매표구에서 티켓을 팔던 처녀
길다란 손가락, 붓꽃 같은 목덜미
꾸욱 다문 푸른 입술
저물녘 관중들의 미친 열광의 아우성에
너무 미미해서 지워져버린
해바라기를 한 식이 있있을까?
움푹한 동공이 텅텅 비어
허리를 툭 분지르면 후두둑 검은 씨앗들이 쏟아질 듯
살림할 수 있는 여자가 아니다

그녀와 자본 남자들은 다 알지
두툼한 담요를 기껏 깔고서도
척추가 와락 훼손당하는, 상자처럼 퍽 부서지던
펌프 같은 애인이 그녀의 뿌리를 쥐고 뒤흔들어도
아무것도 요구하지 않는
공허의 면적,
거침없이 투과되는 것이 당혹스러워

발작한 탁상시계들
벽에 쿵쿵 머리를 찧는 방에서도 빠져나가
유리벽 너머에서
심해어처럼 사각사각 제 몸을 베어먹는
젖은 머리칼 다 쥐어뜯기며

흐읍, 다 먹어치웠을까?

텅 빈 매표구, 얼굴 없는 그녀의
환영처럼
흰 손가락꽃들 피어나는걸.

낙법(落法) 1

    스무 살 적에 첫 애인이 내게 망원경을 사주었지, 문밖의 신화를 좇던 난 멀리 있는 것만이 그리워, 내가 사물을 보는 방식? 꿈꾸는 거야 아슬아슬한 거리에 탐닉하며…… 별과 별의 충돌, 블랙홀이 추락하고 공동(空洞)에 그만 그를 덮쳐버렸어, 와락 뭉개지며 썩는 그, 모, 든, 것, 을, 잃, 었, 어, 화주(火酒) 같은 질투로 기진맥진해진 난 덧난 상처 위에 소금을 훌훌 뿌리며, 죽은 맨드라미처럼 처형되어 악몽에 컥컥 체한 내장을 거푸 뒤집어 보이며 까무러쳐도, 또 까치발하는 소녀처럼 무모한 교접을 꿈꾸며 곧은 목 추켜세우는걸.

낙법(落法) 2

　　갓 부화한 새의 알을 주워다 길렀지, 그 알의 따스함, 손
아귀에 쫙 차오르는 양감, 처음으로 내 것이 생긴 듯 난 세
상에서 가장 예쁜 집을 지어주고 싶었어, 핑크빛 칠로 태초
의 아픔조차 감싸줄까, 입김 속에 깨어나는 혼(魂), 나는 폼
이 아슬아슬해 반경을 구획해주고 비밀이 너무 벅찼지만
감히 사랑한다 사랑한다 말도 못 했어, 눈꺼풀이 무거울까
봐, 공기처럼 존재하려던 내게 자꾸 저를 풀어달라는 저 열
기 띤 눈동자 속에 나, 는, 없, 어…… 발칙한 파닥거림, 참혹
한 완성으로 한 번 더 죽으리라 허공으로 풀어뜨리는 저
새하얀 상실의 선(線)이 곧 내 길이라구?

환(幻) 1

　　잔인한 봄이었어, 카랑한 황사바람 도시를 휘감고 처녀들의 부푼 스커트 말아올려졌지, 파과(破果)기의 그녀는 솟은 난간만 보면 휙 뛰어내리려 하고, 빛다발을 꼬아 목을 매는 시늉으로 다그치는 거야 흉터를 보여주세요 당신을 푸는 열쇠인 상처, 난 스며들어 낙인(烙印) 같은 운명이 되고 싶어, 거침없이 직진해오는 그녀를 와락, 함부로 꺾어버렸지, 순한 과육을 저미듯 박편들이 부서지고, 손금이 홀연히 사라지고, 허기에 파먹힌 눈동자 툭 떨어져, 거품 같은 눈물 줄줄 흘리며 빈 마분지 상자처럼 팔랑이며……

　　그녀는 어느새 여행 행장으로 텅 빈 플랫폼에 서 있지, 간이역의 흰 이정표처럼 서성거리다 전설 속으로 사라지고
　　……야만의 도시에 남은 나, 난 그녀의 그림자와 사랑을 하지 맥박이 보이고, 가깝고도 먼 이방의 별이 되어서야 비로소 생생히 감촉되는 건. 훗, 그녀 이름을 딴 고양이를 한 마리 살까? 그토록 정면으로 보지만 않았어도…… 몰랐을까? 다만 한 조각의 여자를 사랑할 뿐이라는걸.

환(幻) 2

　문이 열린다, 흰 빛다발을 안은 그녀가 들어선다 정령처럼 가볍고도 너무나 확실한, 흰 원피스, 흰 목양말, 흰 구두, 불길하도록 하얀 그녀가 납빛 얼굴로 묻는다 내가 짐스러우세요? 문득 난 알전구처럼 투명해지며 불행의 편력을 늘어놓았고, 체중도 없는 그녀가 그 무게를 다 견디고, 종일 녹슨 램프를 닦고 죽은 화분에 물을 주고 눅눅한 이불들 널어 말리며, 왼다리 오른다리 짝짝의 불구로도 당당한, 오연한 순수가 거슬려, 뺨을 철썩 치자 난 짐짝 같은 날 버렸어요, 밤이면 몰래 심는 묘지수를 파헤쳐 밑둥을 잘라보면 하얗게 질린 알뿌리들, 가만가만 체위를 바꾸며 왜 달아나지 않지? 두 발을 자르자 더 깊숙이 뿌리내리며, 검은 눈동자 이 악물고 흔들리다 파열해버린 그녀를 화단에 파묻고서

　난 흔들의자에 앉아 있어, 폐인처럼
　천적(天敵)이었을까? 그녀가 떠난 후
　내 생이 만져지질 않아
　탄피처럼 인후에 아프게 박히다가도
　뜨거운 수제비알처럼 입 안에서 구르는 그녀를.

29세

날개 같은 건 처음부터 없었던 거야

아픈 몸부림으로 갈가리 죽지 뜯겨

전신에 돋은 이 배반의 반점(斑點)들

팅팅 부은 내 발등을 찍고 또 찍는 공포여

허기에 지친 사랑은 병이 들고

혈관 속으로 푸른 슬픔이 콸콸 흘러도

미미한 발작처럼 이마에 미친 열꽃이 피고 스러질 뿐

어느 날 툭 떨어진 죽음은 씨앗처럼 움터

그 기미 속에서 난 상처로 무럭무럭 살찌는걸.

삼십 세

  정수리를 쳐요 가혹하게, 난 울지 않아요 그윽한 내출혈,
이 불온한 생의 구도 속에 잘 박혀 있어요 아무것도 믿지
않으니 깃털처럼 가볍군요 저기 은박지 같은 도시를 떠도
는 절름발이 천사들 교회의 첨탑에 컥컥 찔려 치마폭으로
퍽퍽 떨어져 쌓이는 내 새끼들 다정히 입 부비며 목 조르
며 아아
  헛것들이 날 물어 사산(死産)이야
  자꾸 보폭이 어긋나는 그대

  흰 그림자만 건드려도 바삭한 과자처럼 부서지는 그대,
기억의 갈피갈피를 들춰도 아직 불러낼 추억이 없어 퀴퀴
한 식탁을 파헤치는 너덜거리는 영혼, 발작처럼 살고 싶어
요 죽고 싶어요 하, 속지 말아요 일세의 뇌란(腦亂)일 뿐 난
고운 미농지처럼 웃어요 저속한 욕망의 주단에 홀려 아슬
아슬한 홑겹 외줄에 올라서도 모든 체위(體位)가 가능해요.

막간(幕間)의 노래

　우린 다만 신(神)의 무심한 투망질에 걸린 물고기떼였을
까 어느 짙푸른 심해의 부드러운 물풀의 품으로부터 떠나
와 질기고 비린 세그물에 칭칭 감겨 한껏 발버둥쳐도 촘촘
한 그물코와 그물코 사이를 옮겨다닐 뿐 헛된 몸부림에 싱
싱한 비늘 다 뜯겨 버걱한 소금덩이 위로 드러누우면 붉게
갈라터진 살, 벌어진 아가미 속에 날아와 꽂혀 전횡하는 저
오연한 고, 공포.

대낮

반들반들 잘 닦인 마루
어른거리는 그림자
몇 겹을 이어온 환영일까
문이 스르르 닫히고
관(棺)이 나가는 소리
고운 어머니
원색 수의를 짓던 손으로
종일 희고 부드러운 밀가루 반죽을 밀어
정교한 칼금 토막질
고른 칼국수를 뽑는다

성주처럼 당당하다
고물거리는 내 새끼들, 흰 웃음
손가락 끝 영근 골무 같은 딸 하나 발딱 일어서더니
트집을 잡으며
생의 멱살을 잡고 뒤흔들어
왜 죽질 않지요? 저 뭉근한 투지가 징그러워
팽팽한 전의조차 다독이듯
화르르 국수가락을 퍼뜨리며
얼핏

소매에 죽음을 감추고 들어서는 손님도 못 본 척
노닥노닥 생을 주물럭거리는
불멸의 여자.

우일풍경(雨日風景)

　　호우주의보다, 어둠 속 황황히 좌판을 거둔 사내들 허둥
지둥 배면으로 사라지고 건물마다 블라인드를 내리는 소독
저 같은 손…… 혼곤한 신열에 달뜬 이마, 관절이 흐느끼며
임부의 배 팽창하며 산통이 시작되고…… 몇 겁을 질주해
온 바퀴들 묵묵히 젖어, 뒤뚱뒤뚱 걷는 그림자들……

　　우산이 간다, 색색의 우산 속 체크와 물방울이 꽉 맞붙어,
빗물이 어룽어룽한 포도, 발자국 낭자히 번지며, 트럭의 폭
주에 어머, 물방울이 체크의 팔을 꽉 잡는다 흰 종아리 종
종거리자 괜찮아 나만 믿으라구 그의 서툰 허세가 쩌렁쩌
렁 울리며, 허름한 납작구두 퍽 뒤집히며 와락 쏟아지는 그
녀를 돌연 그가 커브에서 벽으로 밀어붙여…… 격렬한 입
맞춤, 두 우산 뒤엉키며 지붕 밑 낙숫물 콸콸 쏟아지는데
튼튼한 목덜미에 손톱을 박으며 날 지우지 말아요! 그의
발등으로 답싹 오르니, 흰 허벅지 우산살로 파헤치며 후두
둑 실밥이 터지는 원피스……

　　텅 빈 거리, 대형 유리를 닦는 사내, 굵은 밧줄로 칭칭 몸
을 감고 측벽에 악착같이 달라붙어, 역삼각형의 얼굴들 빙
글빙글 부침하며…… 마비되는 손목, 비명도 없이, 솜뭉치

처럼 흠뻑 젖어 무겁고 무거워 저 흐린 창문을 때리는 무,
물방울, 이 악물고 맺혀 주워담을 수도 없는 내 조, 존재를.

처녀

활어(活魚)처럼 싱싱한 그녀가
담홍빛 손톱으로
일몰의 하늘을 죽죽 찢는다,
투명하고 신선한 피멍울 후욱 터지고
폐허의 신전을 공기처럼 위무하다가도
모든 것을 짓밟아버리고픈,

소금기 돋은 그의 완강한 등을 보면
뜨거운 자갈 위를 걷는 듯, 발바닥이 깨어지고
난 달아났어
만질 수 없어, 너무 명징한 영혼을
검푸른 가시덤불을 투두둑 다 꺾어버리고
죽은 듯 엎드려서야
두꺼운 스웨터처럼 올이 줄줄 풀려나가는

가을볕에 타죽은 해바라기, 파먹힌 내면을 휙휙 던지던 그
나더러 따스한 목관(木棺) 같다고, 혹은
흉터처럼 생생하다고
난 가만히 그의 손에 파닥이는 혀를 쥐어주었지

하, 별들이 죄 폭발할 듯
난 휘어지며
과육을 컥 쪼개면
나란히 죽어 있는 벌레 두 마리, 등을 꽉 맞댄 채
입을 가리며 웃다, 감쪽같이
은닉하며
어른거리는 파탄의 그림자 속에
하이에나처럼 달려들어
무수히 그가 내 위에서 죽어나가는걸.

예감(豫感)

아침이면
덧나고 덧나는 상처, 푸들한
밤새 달궈진 오븐을 열면
꽝꽝히 얼어터진 얼굴들이 굴러나오지
응시와 회오에 지친 청춘, 잔해들……
추락하는 거미처럼
새롭게 지축이 흔들리고
망막 너머에선
갓 침대에서 빠져나온 그녀가
식탁을 차린다 느릿느릿
손을 씻지도 않고

아무도 사랑한 적이 없다, 나조차도
늘 떠나는 자의 시린 등밖에 본 적이 없고
밀랍처럼 굳은 얼굴에
발갛게 짓무른 눈동자
찢어진 깃발의 공허
엉거주춤 거북한 포즈를
비웃듯 그녀가 깔깔 웃는다
일시에 포르노처럼 선명해지는 생

팡팡 공기가 밀리고
열꽃이 돋는 입술을 활짝 열며
미친 듯이 엉겨붙는
온몸의 세포, 섬모들이 전율하며
그녀조차 홀연 배면으로 사라지고
왜 죄악 속에서만 삶은 만져지는가
기쁨에선 늘 화약 냄새가 나지

숨은 총신의 각진 앵글 속에 오롯이
갇혀서도 난 나는 꿈을 꾸지
파충류의 비늘을 후두둑 떨구며
저공 비행을 하는
길길이 폭죽처럼 터지는 악몽들 사이를
비껴가는
생에 처(處)해진 그대들이여
희랍 처녀 다나이드의 등을 콱콱 짓밟으며 가는
끔찍한 다서처럼,

사하라 통신

　인적(人跡)을 견딜 수 없어, 두툼한 지갑을 던져버리고,
도시를 폭파할 듯, 금생은 실패야, 자인하며 문명이 지루하
다며 시원(始原)으로 가듯 맨발로, 걸어서 아프리카를 횡단
하겠다는 그

　낙타가 사라졌어, 멸종해버렸을까? 몸 같은 짐 벗고, 거푸
리와인드되는 풍경, 간혹 유숙의 행렬에서 두 모래알이 만
나 격렬하게 몸 부비다, 그만큼 푸스스 흩어지며, 흐린 눈
떨구며 서서히, 홀로 미쳐가는…… 홋, 둘이 건널 수 있다면
그건 사막이 아니야 지상에 닿기도 전에 홀연 증발해버린
유령비

　숱한 자살 미수의 선인장, 혹독한 갈증으로 피는 모진 꽃
이적지에 내팽개쳐진 물고기, 아가미 헐떡이며 미친 듯이
입맞추는 마지막 꿈, 핏빛 모래 위의 정사(情死)?

　눈뜨고 환히 그대를 꿈꾸고 가는 대낮의 응시를……

제2부

게임 테이블

　난 아마 전생에 인도 무당이었을 거야 아님 분방하고 싱싱한 집시 처녀, 아몬드처럼 기름한 노파의 눈이 슬쩍 처녀의 패를 훔쳐본다 질투와 욕정, 반전…… 훤한 패들이지 순결한 종이배처럼 찰랑이는 젖가슴을 탐욕스럽게 훑는다 모든 것을 갖고 싶다구? 그럼 그 원피스를 벗어 노란색은 실패와 배반의 색이거든 이 탁자의 초록은 운명의 색, 만약 비약과 탈각을 꿈꾼다면 마법의 색인 보랏빛을…… 어떤 스펙트럼을 펼쳐줄까? 하, 나? 이야기꾼의 생이란 누추하지 너무 많은 드라마를 기웃거려 겁도 많고 의심도 많아 죽어도 제 운명 속으로 투신 못 해, 욕창으로 썩는 등…… 비통한 추락을 동경하지만 고독과 욕정 사이를 시계추처럼 오갈 뿐 마지막 카드 역시 환상, 단 하나 실용적인 충고를 한다면 너무 깊이 사랑하지 마, 그럼 파산은 면할 수 있지 헛헛한 화석으로 남을 수도 있고

　시간의 유리병 속에 담겨, 투명한 한계에 멎어…… 증류수 같은 눈물 한방울. 아아 울지 말아요 어차피 첫단추라 잘못 끼워지게 되어 있으니, 지금 그대처럼 뜨겁고 신선한 피를 흘려볼 수만 있다면 영혼을 팔아서라도 돌아가지 않겠어? 그 지옥의 푸르름 속으로.

일화(逸話)

　뚱뚱한 두 자매가 살았습니다, 익명의 어둠 속에서 누군
가 자신들을 종이 인형처럼 오려내주길 고대하며, 미혼답
게 서랍에 담겨, 불안의 피톨들 꾹꾹 누르며, 음담에도 아연
실색하며 언니는 진혼곡을 틀어놓고 식단을 짭니다 거울을
들여다보던 동생은 애초에 내 인생을 눈치챘었지 봐, 이웃
청년이 지나가네 키가 너무 커, 그것이 그의 불행이야, 너
죽은 어머니의 경고를 잊었어? 속지 마! 둘은 따끈한 식빵
에 색색의 잼을 듬뿍 발라 미친 듯이 먹기 시작합니다 황
홀한 중심으로 녹아들 듯, 썩은 이빨들 투두둑 뽑혀나오고
풍선처럼 후욱 부풀다 종이컵처럼 구겨지며, 돌연 오토리
버스 되는 음률 둘은 포크를 내던지고 싸우기 시작합니다,
네 탓이야 네가 앞을 막았어, 아니야, 넌 지긋지긋한 내 그
림자 널 뛰어넘을 수만 있다면 인생이 바뀔 거야 흐윽 죽
어버려!

　창밖에선, 어둠 속에 귀가하는 술취한 사내들, 골목을 울
리는 쩌렁한 고함소리, 흐흐 지축이 부러져도 바캉스는 가
야지 황도를 돌고 오는 거야!

　단정히 풀 먹인 호청 이불 밑, 미안해 내 탓이야 미미한

상처를 어루만지며, 약이란 약은 다 꺼내먹고, 사격을 배울
까? 표적으로 생이 모아지도록, 아님 운전을 할까? 핸들을
틀어쥔 기분은? ……여행을 갈까? 낯선 곳에서의 첫밤이
무서워, 차라리 익을 대로 익은 죄를 고해하러 가자, 열망으
로 부푼 배 뒤집으며 조등(弔燈) 환히 밝히고 새근새근 잠
이 듭니다.

P 아파트

촘촘히 성냥갑들이 솟아 있다, 창마다
유황을 바른 촉수들 숨을 죽이고
서러운 황혼이 적시면
투덕투덕 살찐 중년 여자는 구석구석 살충제를 뿌린다
바퀴벌레 일가는 안온할까?
수족관 속의 물고기들 거푸 입을 맞추고
썩은 수초들 흔들리는데
보험회사가 살찌는 건, 저런, 원색의 산뜻한 통장들이
몸을 포개니 훗, 돈을 배신을 안 하거든

반듯이 각 진 얼음을 얼리고
가스 밸브를 꼭꼭 잠그며
제 그림자에도 흠칫 놀라, 푸른 칼날의 그림자에 꽉 잠겨
실핏줄조차 바들바들 떠는 밤
대낮처럼 나트륨 등이 오르는데
난 못 살아, 차라리 죽여!
쩌렁한 목소리, 화통한 부부싸움
……산발한 여자가 맨발로 뛰쳐나와 달린다, 아스팔트
위로 우르르 터지는 갈채, 떨어지는 귀면(鬼面)들, 미친 머
리칼들 불불이 일어서는 꿈, 화염이 펙펙, 자글자글 축포가

터지는

　어차피 무너질 벽들이
　두 눈 부릅뜨고
　서로를 노려보는,

　새벽이면, 숙취의 비듬 같은 욕정에 진저리치며 탈진한
밀짚인형처럼 꽉 끌어안고 자겠지, 달군 꼬챙이에 늑골까
지 꿰뚫려
　……밤새 내쫓긴 아이들, 베란다에서 두 발을 까닥거리
며 보일 듯이 보일 듯이 보이지 않는…… 뭉개진 별들 짓
밟으며, 깨어진 화분을 끌어안고 자오선을 타넘어, 자박자
박 걸어 어디로 가는 거니?

음화(陰畵)

으슥한 골목, 가등(街燈)의 어스름한 빛 아래 그녀가 그의 허리를 감는다 나를 사랑해? 다그친다, 절박하게, 묘혈 속에서 막 빠져나온 듯 바들바들 떠는 동그란 몸 우우 피톨이 튀어오르는 입술을 그가 제 입술로 틀어막는다 아, 향기가…… 헛간에서 외롭게 썩는 양파의. 눈을 뜨니 유리알 같은 그녀의 동공이 바글바글 끓는다, 주춤 물러서려는 그를 그녀가 칭칭 덩굴처럼 감는다 사랑해 사랑해 우수수 살비듬처럼 지는 말, 썩은 문패가 툭 떨어지고 축대가 와락 기울 듯, 전부를 걸고 싶어…… 백지 같은 그녀 속으로 투신하고픈 그, 비약의 꿈도 족쇄의 감촉도 말끔히 잊고 의수(義手)처럼 뻗는 손 젖은 꽃술을 파헤치다 다시 성곽 같은 가슴팍을 두드리며 미지근한 체온에 절망하며

보여? 콘크리트 속에 박제된 그녀, 푸스스 꽃처럼 피어나는 난소 둘, 돌아앉아 벽화를 그리는 걸까? 기억 하나 추억 둘 셋…… 쓸쓸한 팔레트, 분분한 낙화의 꿈

아침 식탁에선 푸슬푸슬한 밥알이 나뒹구는 접시 속, 해체의 갈퀴질에 몸서리치며 냉담한 빛의 저주 속에 물컵을 깨트려 꾹 물고, 고요히 피 흘리는.

유리동물원 / 잠행

　1

도시는 팽팽히 발기해 있다
식도(食道)처럼 끈끈한 길들이 이어지고
잿빛 건물들이 우우 창백한 사내들을 토해놓으면
한 사내,
날카로운 잔광에
휘청, 방향 감각을 잃는다
가느다란 두 다리
안경알 너머 명징한 세상에
흐읍 진저리를 치며
네온빛을 등지고 눅눅한 지하도
속으로 삼켜진다
자궁 속으로 스미듯

　2

퀴퀴한 어둠 속에서
한껏 웅크린다

적의의 더듬이를 곤두세우며
압도할 듯 선연한 색감의 스크린이 펼쳐진다
힘의 농축물인 듯 탄탄한 근육질의 전사가 나타나
황황히 종종걸음치는 존재들을 조준하여 일시에
난사한다
포물선을 그리며 공처럼 튀어오르는,
삶도 가볍고 죽음도 가볍다
어차피 거대한 사고의 연속일 뿐이니까
다시 재빨리 장전하는 앵글 속으로
낯익은 얼굴들을 끼워넣는다
날 추월하던, 무엇보다도 무관심의 죄악을 범한 자들
무수히 포개지고
비명조차 삼켜지며
바르르 떠는 손
관절들이 후욱 튕겨오를 듯, 엑스타시
그가 웃는다
아무도 나를 모를 거야

3

그럼 당신은 나를 알아요?
충혈된 여자의 동공이 그를 바라본다
그가 주춤 물러서려는 순간 여자가 그의 목을 끌어안는다
온 체중, 전 존재를 실어
처음이 좋았다고 생각한다
잘 익은 열대 과일처럼 싱싱했던 그녀
순연하고 무구한 육체의 유희에 탐닉하며
끈끈한 관계의 타산에 오염되기 전
그런데 어쩌자고 이토록 흡반처럼 엉겨붙는가
바닥 없는 갈증으로 모두를 갈취할 뿐인
결박으로 묶지 못해 안달인가
순간 파들파들한 육체의 경련
생생한 감촉으로 도발하듯 곤두서는
분홍빛 젖꼭지를 깨물자
날 건드리지 말아요!
무너지듯
털썩 엎드려 시트를 쥐어뜯으며 운다

4

수은등 흰빛이 작살 같다
환부를 도려내는
그 원 속으로
허청허청 들어서는 초로(初老)의 사내
부화 못 한 욕망을 줄줄 옆구리로 흘리며
그 빛 건너
다시 어둠을 핥는다

육체는 낡아도 왜 욕망은 식지 않을까
음험한 밤
뭉클한 잔해들의 난장판
먼 중심의 불빛을 향해 난무하는 벌레들
무수히 그을리며
무수히 죽어가는
저 찰나에
아득히 원시의 전사가 되는 걸까?

유리동물원 / 미스 M

그녀는 미동도 없이 앉아 있다
마치 실내의 푸른 테라리엄처럼 서늘하게
정교한 소프트웨어로 각(角) 진 빌딩 속에 부착되어
키를 두드리는 길다란 손가락, 경쾌하게 표면을 스쳐
여기선 아무도 빠져나가지 못한다

오후 세시,
태양은 터질 듯 절정에서 익어 있고
아스팔트 위에선 무모한 피켓들이 춤춘다
결박을 꿈꾸는 젊음들
종이꽃처럼 바삭하게 웃는 그녀
다행스럽게도 인간이 많은 걸 할 수 있다고 믿지 않았다
어떻게 타인 때문에 치명적으로 절망할 수 있단 말인가?
순교? 그 기저에서 피어오르는 음험한 허기
빙벽에 부딪혀 파열해가는 새들도 자절(自切)일 뿐
극단의 광대들 틈을 곡예하듯
잔 비켜왔는데

물론 이 상자 속의 사내들을 사랑하지도 않는다
그녀만큼 의심이 많고 선택이 빨랐던 탓에

꼬리에 꼬리를 무는 모노레일에 답싹 실려
캄캄한 블랙홀 속으로 함몰되어가는
어디로 향하는가, 그 거북한 물음으로부터
필사적으로 도주하며

재깍재깍 소모되어가는 윤곽……
언제든 대체될 수 있는 나사못 같은
허황한 반짝거림

문을 밀고 나서면
당혹스럽도록 정결한 복도
작열하는 광선의 반경 속에서 발작처럼
발가벗고 싶다
눈먼 대열 속의 사내들을 끌어내어
흰 와이셔츠를 갈가리 찢어
우우 불안의 피톨들이 튀어나오도록
밋밋한 지각을 깨부수려다 어김없이
중심을 잡는 그녀
발돋움하는 의혹의 싹을 단호히 짓뭉개며
또각또각 하이힐 소리를 심으며 돌아와

거칠게 키를 두드리는 손가락
앨리스는 여기 살지 않는다

둥둥둥 무중력 상태로 떠올라
하얗게 풍화되어가며
무수히 복제되어 명멸하는
그, 그녀들.

유리동물원 / 실종

거울을 뜯고 싶다
아니 저 얼굴을 부수고 싶어
언제부터인가 궤도를 일탈해버린 표정들
다만 한 다발의 습관처럼
기민하게 움직이며

푸릇한 뺨에 면도날을 들이밀면
싸늘한 빛의 반사
충혈된 공동(空洞) 속의 눈동자가
탐색을 시작한다
이봐, 넌 누구지? 지금 무엇을 겨누는 거야?
부푼 빵반죽처럼 발효하는 욕망의 도시에서
치솟는 엘리베이터의 각(角)을 눌러, 아앗
핏방울이 뚝뚝
경계를 풀지 마, 추월당하니까
가면 속의 떨림조차 숨겨야지
안전벨트를 조이며

홋, 이렇게 완성된 것인가 내게도
순(筍)처럼 의혹들이 쑥쑥 솟던

납덩이 같은 죄의식으로 이마가 무거워
비릿한 첫키스의 연인을 차마 안지 못하고 풀어주던
세상 모든 여자가 경이로워 촛농 같은
눈물 고여오던 나날들

그런데 언제부터인가
이 미친 게임을 조종하는 손
모든 몸부림을 짓뭉개고 가는 바퀴를 굴리는 손
난 철저히 수그렸다 정점에서 날 날려버릴 수 없다면
포기만이 가능한 역공이므로
그러나 저 빛, 섬모와 실핏줄까지도 들춰내는 투명함을
견딜 수 없어 와스스 부수면
불감의 살을 컥컥 찔러

서서히 욕조 속으로 잠겨들면
부연 거품 위로 풀리는 선홍빛 슬픔들
누구도 살아서 나갈 순 없는 이 폐쇄회로에서
무게를 털고 까무룩히 침몰하다가도
불쑥, 이대로 죽어버리는 건 아닐까
삐끗 탈구되어 굴러나온 눈동자가

석회덩이로 굳어가는 제 지체를
무연히 바라볼 때.

유리동물원 / 1505호 여자

새벽에 점화하는 가스레인지의 불꽃을 본 적이 있어요?
그 죽음처럼 확실한 푸른 적의를
중년 여자가 다급히 토해놓는 말에
불안의 입자들이 실내에 자욱이 괸다
부서질 듯 달뜬 눈동자
아마도 밤새 죽도록 혼자이길 갈망하다
정작 아침이 되자 또 침묵을 못 견디고 달려왔을 것이다
홍차 속의 레몬 조각을 깨물며 흐읍 진저리를 치는 그녀
난요 아침마다 출근하는 그이를 볼 때면
발목을 걸어 쓰러뜨리고 싶어요
그는 자신이 어디로 가고 있는가를 몰라요
능멸의 냉소 속에 아침 식탁의 싸움이 선연하다
아아 도무지 살아 있는 것 같지 않아요
당신은 시간이 너무 많군
난 당신이 왜 그토록 바쁜지 이해할 수가 없어요
제발 왜라고 묻지 말아
지루한 형이상학이다
압핀처럼 꽂혀 제 몫의 욕망과 절망의 눈금을 재는 삶
차라리 그녀를 어떤 캄캄한 구멍 속으로 밀어넣고 싶다
유리컵 속의 수국을 뽑아 힘껏 비틀자 수액 범벅의 경

련……
　　내 몸속의 세포들이 수런댄다 불임의 독설이야
　　언젠가 그녀의 거실에서 본 풍경
　　배를 뜯긴 봉제 인형, 솜뭉치 속에 풀썩 묻혀
　　조준하듯 리와인드하던 〈적과의 동침〉의 라스트
　　둔중한 남편은 무수히 사살당했지만, 그러나
　　그 역시 그녀의 표적은 아니라는 걸 난 안다
　　순간 팡팡 벽을 때리는 공소리
　　창가로 가니 앳된 처녀들이 정구를 치고 있다
　　펄럭이는 흰 스커트, 탄탄한 근육질의 종아리
　　싱싱하지요? 내가 탄성을 토하자
　　저 아름다움조차 저들의 것은 아니에요
　　그들은 자신들 역시 난간에 서 있다는 걸 몰라요
　　화살을 날리는 푸른 입술, 그 적의의 기저에서
　　무언가와 필사적으로 싸우는, 온통 짓누르는
　　권태에 삼켜지지 않으려고
　　다족류의 연체동물처럼 자신을 칭칭 얽으며
　　간혹 복도를 넘어오는 비명소리
　　전부를 깨부술 듯한 파열음에
　　난 새삼 안도한다

열렬히 물어뜯을 누군가가 있는 한
팽팽한 대치구도 속에 있는 한
그녀가 난파하진 않을 것 같아
다만 달걀처럼 생이 꽉 차지 않는다는 이유만으로
난폭하게 지각을 뒤흔드는 핏발 선 눈
아아 새벽에 떠도는 안개를 본 적이 있어요?
무수히 금이 간 생의 얼굴을 부수고 훌쩍
뛰어내리고픈
우우우 진동하는 상자를 추스르며
난 자신을 단단히 잠근다
잿빛 회의의 균에 감염될까봐
층층이 포개어진 패각들 속으로
꽁꽁 머리를 파묻으며.

수평선의 넋

바다는 무연히 푸르다
벼린 칼끝으로 옥돔의 살을 저민다
희고 단단한 육질이 저항한다, 눈을 뜨고
회 쳐지면서도 모든 것을 보겠다는 듯
한 뼘 접시 안을 동강난 채로 기어, 꿈틀거리며
실핏줄이 부푼 하늘의 저 끝에서
해풍이 그녀를 할퀴고 간다
변방으로 밀려난 사내들이 올 것이다
바다에서조차 또 바다를 찾는 이들
광풍 속의 먼지처럼 달려들어
그토록 기대고 싶었던 그들이
먼저 컥컥 쓰러질 때
벌집 같은 가슴을 뜯으며
투명한 알들이 바수어지며
어차피 긴긴 풍장(風葬)이지, 웃으며
핏방울을 감는 미나리처럼 얼마든지 내면에선
파릇하게 썩을 수 있다고
질근질근 비린 생을 씹을 때면 우욱 치미는,
날것의 생을 삼키지 못해
헐떡이는 아가미를

야멸차게 내려칠 때

앙상한 부리를 맞부비는
수척한 새들,
파르르 미동도 없는
하오.

질경이

뱃가죽을 부비며
길을 질질 끌고 가는 뱀이
너무 긴 몸뚱이의 긴긴 절망, 참혹한 그림자가
헤진 발목들이 묻힌 유형지……
몇 겹을 묵은 지뢰의 맥박이야
독약 같은 사랑에 귀가 멀었어
난폭한 바람이 불고, 풀들은 쓰러졌지, 기꺼이 모로 눕고
가뿐히 날 타넘으며 도약하던 그대
울진 않았어, 입을 틀어막으며
숨죽인 울음이 서서히 붉고 생생한 혀를 깨물도록

포복하듯
낮고도 낮은 사랑이지
침묵 속에 똬리 튼 채
내면으로 더 깊이 촉수를 박으며

물관의 이동의 신비도 모르는 이 뿌리를
밟아다오 더 단단히
죽어도 좋았던 극지에서
후욱 미친 듯이 지열(地熱)이 끓어

지천으로 울혈 같은
흰 꽃들을 게워낼 때.

파편(破片)들

……하관(下棺)이다. 그의 아내일까? 격하게 오열하는 한 여자. 절망하면서도 그의 죽음을 떨쳐내려고, 무덤 속으로 빠지지 않으려고, 혼신으로. 참혹하도록 젊은 그녀의 뺨이 맑다 선홍빛 철쭉 꽃잎을 흩뿌린다면…… 가혹한 생의 얼굴을 타격하듯 선정적인 그녀를 내 품에서 꺾어버리고 싶다.

또하나의 사고. 좌표를 찾지 못해 부표하던 청년이 가까스로 중심을 잡은 걸까? 첫직장 일을 마치고 돌아오는 밤 폭주하던 트럭에 치였다 출혈 한 점 없는 뇌사…… 이렇게 굵고 싱싱한 뼈는 첨 봐요. 참 오래 탔어요. 늙은 화부(火夫)의 말에 애인이 내민 구깃한 편지. 부끄럽다고, 처음부터 다시 시작하고 싶다고. 서툰 필체의 긴장, 파릇한.

폭격, 우연의 폭격, 가건물을 일시에 날리며 눈먼 맹세, 맹목의 반지를 도도히 삼키는……

고대의 순장(殉葬)을 상상해본다. 늙은 족장의 시체와 함께 묻힌 어린 신부들, 청춘의 생매장 앞에 와들와들 떠는 잔등. 암흑의 공포 속에 질식해가며 외로웠을까? 그만 그

극에서 뒤집혀 죽음과 화해했을까? 파닥이는 몸부림을 삼
킨 죽음은 수그러들었을까? 탈진한 뼈들은 곱게 엉켜 있을
까? 좀더 길거나 짧은 악몽 끝에.

　포클레인이 파먹은 산등성이. 울혈 같은 무덤들을 깎고
층층이 예쁜 집을 짓는 저 거대한 폭군, 육식가.

　그렇다, 근본적으로 삶은 폭력적이다. 이 정점까지 기어
오르며 얼마나 많은 것이 죽어 바스러졌는가? 살아남은 자
의 치욕, 배반에서 배반, 또 배반으로…… 모퉁이의 풍염한
식탁엔 알뜰히 파먹힌 꽃게의 껍질, 수북한 잔해. 달큰하고
농밀한 생의 향기가 진동하는.

　아이가 베어먹다 버린 사과, 사나운 이빨자국, 분홍빛 핏
물 연연한…… 까맣게 개미떼들 몰려들어 표면을 뒤덮고,
끈끈히 과즙에 몸 적시는 휘황한 난투. 어른거리던 아이의
손이 넙썩 들어 벽에 픽 던지자 산산이 파열하는 실점들, 후
두둑 지다 다시 담벼락을 기어오르는 눈부신 의지의 운하.

K에게

1

비틀스였던가? 서른이 넘은 자를 믿지 말라 했던 건. 그
러나 서른 이전에 우리가 무엇을 아는가? 다만 감은 눈 떴
을 뿐 아무것도 변한 것은 없고, 예정된 추락 끝에 와해된
밀랍 날개의 잔해를 거두며 그토록 전복하려던 세상의 외
곽에 구겨박힌 채 목끝 단추를 채운 와이셔츠의 넌, 고단한
냉소로 묻고 있는가? 우리를 폭죽처럼 달구던 이데아를 부
수고 생의 암반에 착지했느냐고.

2

기억이란 완강하지, 난 정점의 너만을 기억하는걸. 검푸
른 머리칼에 담홍빛 뺨, 달리는 두 다리, 웃음소리, 다수(多
數)의 신화를 부수어야 한다고, 그대의 열망의 뿌리까지도
의심하라고…… 해방구를 떠나 볼리비아의 오지에서 전사
한 체 게바라를 숭배했고, 집요한 구축의 열망조차 벗고 산
화하고 싶었을까?

3

논리에서 논리로의 곡예, 하나의 진실을 강조하면 또하나의 진실이 죽었지. 침묵의 몫을 몰랐기에 늘 비틀거리던 가출한 낭만주의자들.

4

간혹 망명하고 싶어. 내면의 숲으로, 한껏 웅크리며 귀를 틀어막으면

……투두둑 열매들이 떨어진다 스무 살 적 맹세처럼 풋풋한 것들이 초가을 하늬바람만 불어도 얼핏 깨어질까 흑 핏물 돋을까 제 높이의 아찔함을 못 견디고 바람에 밀려 후두두둑 땅의 거죽 위로 얼굴 틀어박으면 스을쩍 튕겨지다 탱탱한 살갗 삐죽이 찢겨 울음도 웃음도 못 가진 얼굴로 고요히 썩는 것들

……전신에 바늘이 꽂혀 데구르르 몸 구르면 더욱 깊숙한 내공(內功)

5

'교활한 자는 배반한다 충실한 자는 버틴다 소시민은 절
망한다' 전사는? 나는? 붉은 밑줄 범벅의 텍스트. 무모하도
록 순박한 근본주의자였던 한 친구의 죽음을 떨군다 순교
도 테러도 아닌 병사(病死)…… 탁자 위의 비틀린 얼룩. 이
무연한 실족, 생의 반쪽 얼굴?

6

옛 애인을 만났다지? 나 또한 몰래 흠모하던 그대의 여
자 올곧은 직설의 입술, 청결한 이마…… 품는다는 상상만
으로도 죄스러웠던 그녀가 폭음 속에 낙태의 쓰라림을 고
백하던. 어쩜 태아의 눈물 한방울을 본 듯도 하다고, 결연
히 결혼하겠다고.

7

　우린 밤 거리로 나왔다 꽝꽝한 백야의 빙판에 흐르는 젖은 불빛들 낮게 더 낮게 내려앉는 눈발, 미간에 못이 박히며…… 아무도 전선에 영원히 머무를 순 없지만, 돌연 돌아보는 넌…… 난 아직도 맑스를 사랑하지, 그의 독단까지도, 증오란 가장 적극적인 사랑이니까. 부축을 뿌리치며 휘적휘적 걸어가는 그. 마치 세상 밖으로 나설 듯, 아찔한.

조개를 줍는 여자

검푸른 바다, 더 나아갈 곳 없는 적막이다
막막한 수평의 넓이에 질린
그녀가
눈길을 떨구고 검고 끈끈한 갯벌 위에 엎드린다
한 손으로 뻘배를 꽉 붙들고, 또 한 손으로 무딘 호미를
움켜쥔 채, 아니 그조차 내던지고 뻘 속으로 손을 뻗는다
먹먹한 어둠 속 여린 조개들의 숨결이 만져질까
이 웅크린 생이 다시 뜰 수 있다면
오관(五官)을 모으지만
아아 앞으로 나아가지질 않는다
자꾸 발이, 허리가, 다리가 푹푹 잠겨들어
푸스스 관자놀이가 타고
앙당문 입술에선 생피가 돋아
부르튼 손등 위로 기억들이 후두둑 쏟아지는데
지금껏 등을 짓누르던 생이 이젠 거대한, 집요한 흡반이
되어버린 걸까
혹 이 수렁이 그녀 속의 까무룩한 심연이라면
몸을 한껏 뒤틀어보지만 그조차 빨아들일 듯

앵글을 위로 하면

그 실루엣은 다만 외로워
허옇게 오그라들어
소실(燒失)되어 버릴 것만 같다.

가계(家係)

칸나꽃처럼 키 큰 아버지, 꿈꾸는 아버지, 자꾸 투툭 부러지던, 세상 속의 자리를 잃고 돌아와 비좁은 방 한켠을 그득 채우던, 풀 꺾인 욕망의 잔해들을 곱씹으며 허기와 취기 속에 삭정이 가지처럼 여위어가던 아, 아버지……

그해 여름 폭양이 지글지글 끓는 양철지붕 밑, 냄비 속의 콩처럼 튀는 아이들, 오스스 떨며 숨는 그들을 덮쳐 여린 죽지를 틀어쥐고 말랑한 영혼 위에 북북 금을 그었다 자, 애들아 이 가느다란 선(線) 위를 걸어봐 외줄을 타듯이 병정처럼 딱딱하게 시선도 보폭도 좁히고 뒤를 돌아보지 맛 질주하면 되는 거야 만나는 이 모두를 타넘고 가거라 너희는 내 인생의 마지막 패잖니?

집을 번쩍 들어 술병 속에 풍덩 담그자, 둥둥둥 포르말린 속의 지체(肢體)처럼 떠다니는 식구들, 아앗 어지러워 그만해요 대롱거리는 날 튕겨버리며 언제부터인가 난 깨어 있는 게 두려웠어 세포까지 흥건히 취하지 않으면 시간이 흐르질 않아 저 시퍼렇게 날선 아침이 무서워…… 보렴 덜덜 떨리는 이 두 손으로 더이상 무엇을 움켜쥘 수 있겠니?
……아아 다, 달아나요 어머니 난파한 그가 무너져내려

요 당신을 컥 낚아채 칠흑 수렁에 매몰시켜버릴 거예요 그
러나 음지식물처럼 서늘한 어머니, 미동도 없이 달아나면
무얼 하겠니 그저 이 열탕에서 내가 낳은 죄를 혹독하게
앓다 순간순간 환각처럼 넘어서겠지만 아들아 문조차도 네
속에 있는걸

　　집, 무너진 집, 과육을 파먹힌 복숭아, 너펄거리는 삭은
껍질, 고물고물 유충들이 자라 아비와 악쓰고 대들며 싸우
다, 그렇게 고스란히 닮아가는 완강한 목숨의 고리, 저 찬연
한 회오의 반지.

별곡(別曲)

어머니 양지쪽에 쭈그려 앉아 무언가를 심으신다 깨진 오지그릇에 푸슬한 흙을 담아 연한 파뿌리 꾹꾹 눌러 애야 온천지에 싱싱한 파 향기 그득하겠지, 흰 곰팡이 같은 웃음 난 애가 끓어 소용 없어요 금이 간 것은 금방 깨어져요 죄 뿌리 뽑힐 거라구요, 그러나 표연히 나를 스쳐 마루 그득 헌 옷가지를 펼쳐놓고 다림질을 시작하신다 빛살 아래 선연한 피얼룩 고름 여읜 뺨이 쑥 패도록 푸푸 물을 뿜으며, 온 체중을 실어 누르는 필사적인 몸짓에 난 달려들어 북북 찢으며 이 광목처럼 질긴 당신의 관성이 지겨워, 순간 파랗게 눈을 태우며 달려드는 그녀…… ……아아 다, 닿지 말아요 당신 불행의 균이 옮아요 날 이곳에 심지 말고 복제하려 하지도 마 난 철들자마자 가출을 꿈꾸는 딸 저녁이면 다 붙어 상(傷)한 밥을 퍼먹는 밥상의 결속이 지긋지긋해

그리고 길을 떠돌며 난 숱한 여자들을 만난다 펨프 같은 생에 흠씬 걷어챈 여자, 웅크려 앉아 깨어진 얼굴을 짜맞추는 여자, 폐선처럼 쑥쑥 아이들을 흘리는 다산성의 여자, 숟가락을 삼키는 아이들을 자루처럼 패대기치는 여자, 삶도 죽음도 드나드는 퀭한 동굴 같은, 어쩜 자신도 모르는 신을 낳아버린 여자, 머리채를 휘감는 황홀한 원무에 눈이 부

셔, 난 아직 돌아갈 날이 먼 탕아이지만 저기 절뚝이며 집
을 관(棺)처럼 지고 가는 행려병자 어, 어머니.

상처

다시는 열리지 않으리라 믿었지, 단단한 각오, 의심 많은 중년 솜뭉치로 틈이란 틈새 꽉꽉 막으며, 검붉은 부스럼 딱지 아래 안온하게 썩으리라, 고름을 줄줄 흘리는 양초여, 저런, 미치도록 화창한 날 밥상을 훌쩍 타넘고 가는 처녀, 노란 치자꽃 향기에 늙은 사내 허물어지듯 비천한 욕정에 한껏 휘둘려, 한번만 더 속고 또 속는, 갈급한 걸인의 혼(魂)?

선술집 젓가락의 끈적한 실연가, 발설의 허무를 못 견딘 시인은 헛것의 발길질에 치여 날고기를 씹으며 지루한 농담이지, 고개를 젓다가도 화드득 살아나 동전으로 복권을 북북 문지르는 생생한 절망, 죽은 제 아홉 머리를 들고 담장을 넘는 도둑고양이의 습관성 유산 같은 결락(缺落)이여, 기억이 없는 저 투명한 빛살…… 단 하나의 증명처럼 난 아직도 아프다오, 이 통증, 지긋지긋한 연인!

제3부

중년 1

　　늘 몸이 너무 무거워요 이 참을 수 없는 포만, 헐거워져
야 하는데 우수수 마른 꽃대궁 같은 몸을 흔들며 그녀가
흙을 한 줌 파먹는다 불안의 울림통이 텅텅 울린다 한 장
의 비스킷처럼 명료하게, 단 한 입으로 전 존재가 녹아 스
미기를, 질끈 눈을 감으니 기우뚱 축이 흔들리며 발밑에선
와스스 거울이 깨어지고 둥둥 부유하던 익명의 얼굴들 크
림처럼 으깨어져 아흐 숨고 싶어 그대의 배후로

　　……꺾어줄래? 갈퀴처럼 뻗는 여윈 손, 거푸 허무는 윤곽
을 조이며, 다그치는 아침이면 뭉텅뭉텅 뽑혀나오는 머리
칼을.

입을 오므린 탐스런 붉은 튤립들 봤어? 추적추적한 봄비에 활짝 열려버려, 파헤쳐진 꽃술, 못 볼 것을 본 듯 예쁜 여자의 치부 같은 생생한 전락의 주단 위로 걸어가는 저기 만삭의 임부…… 하, 옛친구야 유독 목이 성큼하던 제복의 소녀, 닿으면 부서질 듯 결벽하던 그녀가 둔탁한 실루엣으로 쇼윈도를 기웃거리며, 화장으로 무참히 얼룩진 제 존재를 질질 끌며 인파 속으로 꾸역꾸역 삼켜지는 건 그녀 아니야 팽팽한 그 아름다움도 이 이완의 환멸도 그녀 탓 내 탓 아니라면…… 우린 누구의 생을 살다 가는 것일까?

중년 3

　가만 어둠을 쪼개줘, 내 속에 매복한 한 마리 짐승이 보여? 푸른 인광을 뿜는 눈, 웅얼거리며 죽어도 길들여지지 않겠다고 온통 속았다며 화투를 치는 어린 귀신들 가까스로 남은 패를 추스려봐도 덜거덕거리는 형틀에서 무정란의 알들을 게워낼 뿐 환상과 환멸 사이의 곡예에 지친 불감의 살을 쿡쿡 찔러, 젖은 필름을 좌르르 펼치면 하, 내가 버린 연인들 녹슨 관절로 짝짝 손뼉을 치며 부푸는 흉터 위로 새살처럼 차올라 갈증의 지형도 외면하며 벽 속으로 숨어들어도 인화되지 못한 욕망들, 모로 누우면 옆구리로 콸콸 흘러요.

가족 사진

그의 이마는 환하고 반듯하다
왼쪽엔 새하얀 성장(盛裝)을 한 탐스런 아내
품에 파묻혀 활짝 웃는 세 살배기 딸까지, 완벽한 구도다
생의 시발점에 선 주자(走者)의 팽팽함이랄까, 그러나
그의 연인이었던 딸이 생생히 기억하는 건
Dead-Line에 서서 무너져내리던 그의 모습이다
갓 스무 살, 청춘의 지옥을 살던 그녀는
세상의 무엇 하나 마음에 들지 않았고
자꾸 거인처럼 군림하려는 그를 향해 화살을 날렸다
당신 탓이에요 이 어둠은, 왜 당신이 나의 뿌리여야 하죠
하며 다그치고 단죄하고
그 역시 그녀가 운다는 것만으로 울고

그리고 기우뚱,
흔들리는 배
그가 휘청일 때마다
모두 난간을 붙들고 와들와들 떨며
끝내 그림자처럼 묵묵했던 아내의 파리한 뺨을 치며
생 앞에 털썩 무릎을 꿇기까지
불길한 숙명의 자장 밖으로 뛰쳐나가려는 몸부림, 바로

그, 그의 죽음이 그녀 속에 들어와 살기 시작한다
　그것은 어린 아들의 둥근 뺨에도 씨앗처럼 박혀
　때로 모든 몰락의 구조가 환해지며, 그 가벼움에
　덜렁 뿌리 뽑히려 할 때면
　치맛자락을 와락 움켜쥐는 아이의 악력(握力)이
　그녀를 번쩍 들어 지각 위에 심듯이
　어쩜 그도 그녀가 모르는 그 소녀의 검푸른 동공을 떠올
리며, 자꾸 헐거워지려는 자신을 사각의 틀 속으로
　꾹꾹 우겨넣으며
　아아 저 고무줄 끝에서 통통거리는
　물방울 같은 아이, 도약을 삼키는
　회귀의 입술 아래
　모든 것이 다시 시작된다는
　암울한 신비가.

무방비 도시 1

난간의 이중창, 영원한 불협화음, 버둥거릴수록 어긋나는 두 남녀의 입술, 정식으로 결혼한 그들이, 아무리 피임을 해도 아이들은 계속 생기고, 착오와 같은 일렬 횡대…… 절망한 그녀가 휙 뛰어내리려 하자 그가 컥 붙든다 다시 핑그르르 제자리로 돌아와 단추처럼 꽂히는 그녀

밤, 거짓말쟁이의 달, 욕망의 달이 뜬다 아이들이 맨발로 뛰쳐나와 줄을 돌린다 그녀가 풀쩍풀쩍 뛴다 까치발하던 숨은 소녀가, 그림자가 뛰고 그도 덩달아 뛰어들자 휘휘 검은 풍경이, 길이, 얼굴이 잘리고 채찍을 멈추지 말아 이 불길한 생의 윤곽을 지워달라며 공중분해될 듯, 질끈 눈을 감으니 거꾸로 증폭하며 무자비한 자가번식의 가속도, 일탈하는 정령들……

아침이면, 원탁에 둘러앉은 식구들, 새 손수건처럼 깨끗해져서 막간의 해프닝을 까맣게 잊고, 프라이팬 속에서 지글지글 익는 달걀 프라이에 홀려 접시에 코를 박고 멀끔한 얼굴로 노른자를 파먹는다.

무방비 도시 2

　거울을 들이민다, 유니콘을 유혹하던 흰 반사광의 그물 속으로 풋풋한 처녀들이 들어선다, 운모의 휘황한 아라베스크 명멸하는 자아 조각들에 넋을 잃고 쇼윈도에 다닥다닥 붙어. 양각되지 않는 생에 절망하며 그만 귓불에 찰랑이는 알루미늄 귀고리처럼 걸려…… 배면에선 상한 고기들 식탁으로 실려가고 씽씽 달리던 앰뷸런스 뒤집히며 병동은 포화상태, 골목에선 풀통을 든 사내들이 포스터를 벽에 척척 붙인다 위기를 펼쳐드립니다 훗, 의식 과잉의 모노드라마? 밀주 같은 눈물을 좍좍 쏟으며 적막하다고 정체 없는 대역뿐이었다며 징징 우는 늙은 배우들 집요한 거울놀이의 날선 빛에 찔려 즈이 짝이 죽는 줄도 모르는 울울한 밤.

무방비 도시 3

아이들이 수상하다, 더이상 실내를 흩뜨리질 않고 발뒤
꿈치로 살금살금 걷다 냉큼 성역(聖域)의 흰 목책을 뽑아
던진다 동화의 삽화들을 죽죽 찢고 이딴 밋밋한 퍼즐 따윈
싫다고 블록 나누기도 지겹다며 모니터에선 어린 전사들
뛰쳐나와 다 안다고, 순수의 굴레를 씌우지 말라며 바리케
이드를 부수니 캡슐을 투툭 터뜨리며 미래에서 날아온 아
이 희망의 윤곽을 짓뭉개며 흔들의자에 앉아 훌훌 묵시록
을 넘기는 아이, 요람을 뒤집는 손, 병원놀이로 상처를 만지
는 척 서로의 목을 지그시 눌러주는 순연한 단죄의 리허설
밖 양철북을 두드리며 떠돌던 오스카 북채를 팽개치고 첨
탑 위로 날아오른다.

무방비 도시 4

　길이 막힌다 결혼식 때문일까? 간밤에 장례식을 치른 하객들이 푸석한 봄볕 아래 빳빳이 성장(盛裝)한 채, 어엇 택시 하나가 뒤집히자 우르르 도루패처럼 모든 택시가 뒤집힐 듯 발을 동동 구르던 신부들 뛰쳐나와 막 달린다 수의를 펄럭이며 대기실에서조차 와들와들 떨자 손눈썹이 툭 떨어지고 하이힐 굽이 꺾여 짝이 마구 뒤섞이려는 순간 조곡이 뗑뗑 울리며 깜찍한 화동들 폭삭폭삭 늙고 바르르 떠는 신부의 뺨을 맵싸하게 후려친 신랑의 가슴의 코사지 진동하며, 부디 허술한 우리를 당신들 시선의 그물로 결박지어 달라고, 몰락까지 아늑히 침몰할 수 있도록 땀이 송글송글 밴 손아귀의 악력에 순결한 백합 부케의 목이 컥 부러진다.

우울한 스케치 1

간혹 그런 순간이 있지, 캄캄한 밤 혼곤한 잠에서 깨어날 때 돌연 토막난 순간순간의 갈피 속에 쪼개어 끼워둔 내 존재가 열려버려…… 그 무방비 상태의 동공 속으로 탁상시계의 푸른 야광침이 날아와 꽂혀, 귀기(鬼氣)를 뭉클 피우며 재깍재깍 걸어와 다그치는 거야 이봐 넌 무얼 하고 있지? 쿵쿵거리는 이 맥박의 수만큼 살아, 죽어가고 있는데, 무엇도 돌이킬 수도 유예할 수도 없는 걸 싹뚝싹뚝 내 목숨의 각(角)을 깎아내며 날 타넘고 가는 소리를 향해 두 손을 뻗어 어둠을 휘저으면 얼핏 시간의 입자들이 보이는 듯, 그러나 곧 손가락 새로 주루룩 흘러버리는 것들 난 허우적거리며 탄식하는 거야 차라리 늙어버리면, 아주 늙어버렸음 좋겠어, 혹 바닥까지 탕진한다면, 텅텅 거덜나버린다면 날 조이는 이 조바심, 안타까움이 얼마쯤은 잦아들까?

우울한 스케치 2

그의 외로움이 그녀를 불렀을까? 짙푸른 박명 속에서 얼핏 몸을 뒤집는 기척에 푸드득 깨어나지만 그는 그녀 쪽이 아닌 그, 그만의 벽을 향해 돌아눕고 그녀도 자신만의 어둠을 향해 둥글게 몸을 말아감고 울음을 삼키다, 어쩜 섬광처럼 그가 자신의 등을 껴안아주길 바란 건지도 모른다는 의혹이, 그것은 확신처럼 굳어가지만 웬일일까 그녀의 몸은 풀리지 않고 무슨 쓸쓸함의 화석처럼 굳는 두 사람, 등과 등 사이로 패이는 캄캄한 심연, 부재(不在)보다 더 비통한 거리, 슬픔의 창(槍)에 깊숙이 찔리우는 새벽에 그녀는 차라리 자신의 귀를, 그의 움직임, 그 기미에조차 파르르 떨며 곤두서는 두 귀를 자르고만 싶다.

늙은 여자의 노래

세상의 윤곽이 풀려간다, 미역처럼 흐물흐물, 자꾸 경계
가 흐려지는 뿌연 망막 속, 아이들은 어디로 갔을까? 어느
새 다 자라서 떠난 걸까? 이런 철창 속의 새들이 죄 죽어
버렸어, 날려보냈더라면? 일생 간직해온 은그릇들 모서리가
깨어져, 애초에 온전한 건 아무것도 없었지

반들반들 닦인 세간들, 이곳을 내 집이라 믿으려고 얼마
나 애썼는지, 후후 정말 멋지게 속아넘겼지만, 머리에 상자
를 이고 횡목 위를 아슬아슬 건너가는 기분이란, 이제 두
눈에 청동못을 박아도 아프지가 않아, 두부 같은 얼굴 식칼
로 푹푹 찍어도 피가 흐르질 않는다니까……

흐읍, 이 매캐한 화약 냄새, 세포들의 쿠데타야, 죽음이
임박한 저 되풀이되는 기만의 아리아, '우리에게 더 좋은
날이 올 것이다' 그 광목처럼 질긴 갈증이면 허기로 얼룩
진 지구를 몇 바퀴쯤 칭칭 감아돌 수도 있었겠지…… 뚜르
르 전화벨이, 뭐, 풍문을 들었냐구?

와인잔 속의 금붕어, 일생을 망설이다 결연히 잔을 깨고
나갔지 죽어버렸어!

응급처치를 할까? 붉은 머리칼로 염색을? 울긋불긋, 날 잊지 말아요 단 한 번만 순수한 치정극의 히로인이라도, 이런 더러운 미련을 자꾸 길이 뭉텅뭉텅 끊어지니…… 오들오들 떠는 내 속의 계집아이 저 둔탁한 창을 깨고 몸을 휙 날려도 신문 사회면 하단에 부고도 뜨지 않아, 혹 차선으로 이 빌딩에서 저 빌딩으로 건너뛴다면? 아무도 날 받아주지 않을 테니 관두겠어.

엄마 엄마 어디 있어, 그만 돌아가고 싶어, 이 재투성이 화덕에서 날 꺼내주세요, 시린 버선코를 막 잡아당겨도 저런, 납작한 머릿고기처럼 짓눌린 어머니, 으깨지고도 웃으세요? 깨어진 그릇들의 합주, 비장한 단조로 꽝!

자, 늙은 여자들 줄줄이 난간에 서요, 짓무른 달 뜨는 밤, 음탕한 무화과처럼 웃어요, 숭숭 구멍 뚫린 잇몸…… 귀를 찢고 몰락의 묘약을 흘려 부어준다면, 소금기둥처럼 활활 타오르다, 이 끝 저 끝 시퍼런 도화선을 집고, 줄을 돌려요, 풀쩍풀쩍 뛰어봐요, 한 번 거침없이 피어나봐요, 어른거리는 저 죽음을 죽여달라고, 일생 일대의 공중곡예를……

뭉크의 마을 1

두꺼운 커튼을 내린다, 어둑신한 실내, 삐걱이는 목조 의자에 앉아 레이스를 짜는 그녀, 촘촘히 교직된 음성…… 쌍둥이좌의 당신은 변덕스럽군 까다로운 흥정에 능하고 질투가 많지 암시에 걸리기 쉽고…… 바늘이 툭 부러지고,

찻물이 끓는다 바글바글, 한 무더기의 꼬리별들 후두둑 사라지고 골목을 울리는 낭랑한 노랫소리 술래야 술래야…… 저기 골목 끝에서 달아나는 그림자, 하, 시인이군, 운명을 조감하는 그가 상처를 채집하지 노랗게 짓무른 고름을 털고 눈물의 증류수 훌훌 뿌려 폐허와 폐허의 혼례를 지켜보는, 돌연 흰 축전(祝電)처럼 식탁을 박차고 날아오르는 새, 검은 매연의 하늘을 날아 대기권 밖으로 뛰쳐나갈 듯 후욱 뒤집혀 타다 만 휴지처럼 풀풀 떨어져내리는

외곽일까, 고속도로, 천국으로 가는 톨게이트, 브레이크를 걸 수 없는 차들의 폭주, 사고, 사고, 또 사고, 공허한 샴페인 눈물 폭죽처럼 터지고, 일탈하는 그들……

다시 지붕 밑, 변함 없이 레이스를 짜는 그녀, 식탁보를 할까 아님 이불을 할까? 병든 딸들 다닥다닥 붙어, 잼 그릇

속에 고개를 처박고 허우적거리는 딸, 혼선의 전화를 붙들고 쿨쩍거리는 딸, 얼룩덜룩한 도색 잡지를 보며 각혈하는 딸, TV의 흑백 화면 속으로 기를 쓰고 스며들려는 딸, 이 모든 것을 기록하겠다며 미친 듯이 일기를 적는 딸, 불쑥 문가에서 파수 보던 딸 닦던 등(燈)을 내던지니…… 끈끈한 욕설에 버무려져 무화과잼처럼 포옥 졸아드는…… 황홀한 난교. 면도날로 곱게 저미면 구름떡 같은 단면…… 지상에 없는 집

　현관 앞에선 지친 낙타들 퍽퍽 쓰러져…… 흥건한 선혈 위에 레이스를 덮어준다.

장마, 1994년 서울

　퍼붓는 뇌우에 갇혀버렸어, 하늘이 컥컥 깨어지고 간밤
엔 변두리의 축대 몇이 무너졌지 아침이면 사람들은 또 무
너질 집으로 숨어들고, 텅 빈 포도, 어엇 어디서 왔을까 색
색의 물고기들 짙푸른 물감을 뒤집어쓴 채 입을 벌리고 갈
팡질팡…… ……모든 직립한 것들이 뒤집히네 낭자한 상처
를 두드리는 빗줄기 아악 비명이 튀어오를 듯 혀가 깊숙이
말아들며 말이 안 나와…… 온통 앞이 헝클어지며 방향을
잃어버리네

　저기 공중전화 부스가 활짝 열려, 수신인을 잃고 목이 꺾
일 듯 대롱거리는 전화기 이봐요 이해해요 사랑해요 허공
으로 흩어지는 저 오해의 말, 꽝꽝한 자아의 벽을 투과 못
해 튕겨오르는 굶주린 말들, 허황한 두드림에 손목이 날아
가고 지금쯤 어느 헐한 지붕 밑 몸을 포갠 남녀 두 장의
유리처럼 산산히 부서지겠지 난 황홀한 파편에 눈이 찔려
이 지루한 삼각관계, 욕정과 배반의 순환고리를 끊고, 꾸역
꾸역 비상군단처럼 밀려드는 어둠에 체한 도시를 관통하며
서서히 실신하는 혼선, 혼음, 불통(不通)의 도시.

포트폴리오 $he's 1

　영화 〈7년 만의 외출〉의 마릴린 먼로, 폭발할 듯한 클로
즈업, 혼신의 파안(破顔)으로 돌출한 그녀는 아메리카 대륙
을 뜨겁게 도발했고, 정점의 끈끈한 포충망의 시선 속에선
숨고 싶어했고, 막간의 탈의실에 꽁꽁 숨어선 잊혀질까봐
두려웠고, 육체만으로 응고될까 혹 그조차 마모될까 무서
워…… 어머니처럼 미칠 것 같은 암시에 가계의 징크스대
로 자살했고 어쩜 타살인지도 모르는(다른 모든 죽음처럼)
혼곤한 경계에 멎어 죽어도 월경(越境)할 수 없었던 그녀
를 잊지 못해

　적나라한 본능의 화육(化肉), 누구도 위협하거나 질타하
지 않는 순수한 여백을 그리듯 통풍구의 갈채의 입김에 후
욱 부푸는 스커트를 누르는 손등 위로 푸른 지폐다발을 흩
뿌린다.

포트폴리오 $he's 2

진홍빛 입술이 벙긋, 하며 한 여자가 튀어나온다, 지폐로 접은 비행기를 타고 또 한 여자가, 칵테일 속의 체리가 쪼개지며 또 한 여자가 알록달록한 문양처럼 '현대'라는 추상화 위에 곱게 박힌다 싱긋 웃는 콜렉터 길다란 손가락을 뻗자 말끔히 내장을 뽑힌 그녀들 농염하고 싱그러운 한 입으로 서서히 다리를 벌리고 물구나무서기를 하고 촤르르 퍼즐처럼 이동하다 잡지처럼 팔랑팔랑 넘겨지며 음표처럼 통통거리다 조명 아래 바삭하게 구워지는…… 푸석푸석한 그녀들을 염료 속에 풍덩풍덩 담그니 미미한 저항도 없이 수챗구멍으로 국수가락처럼 걸러져, 창밖 아스팔트로 휙 내던져져

온통 이미지들의 홍수다. 미친 듯한 폭주, 한 이미지가 다른 이미지에 치여, 굶주린 헤드라이트들의 충돌, 대공황…… 감열지처럼 활활 타는 도시

모퉁이에 구겨박혀, 그림자를 잃어버린 그녀들, 쪼그려앉아 귀면(鬼面)을 뒤집으니 헉, 이면이 없는걸, 가슴을 쥐어뜯으며 울면 실리콘만 풀풀 날려…… 하수도 끝에선 훔친 립스틱을 짓뭉개며 우는 그녀, 지우려 문지를수록 더더욱

번지는 무참한 얼룩 돌이킬 수 없어 화들짝 놀라 직립하는
거대한 모르핀 주사기에 답싹 편승하는.

정경 1

    밤길을 간다 타박타박 네 살배기 딸아이의 손을 잡고, 왠지 걸을수록 집은 더 멀어지는 듯, 수은등 빛 아래 흰 나비처럼 통통거리는 아이, 환영 같은 형(形)에 넋을 놓다 어엇 홈이 팬 보도블록, 답싹 저를 안고 비켜서는데 어둠을 깨는 또랑한 목소리 내가 아니었음 엄만 풍덩 빠졌을 거야 뭐 거꾸로…… 그만 울컥 말을 삼켜버린다 그래 네가 아니었음 난 빠졌겠지 돌아보면 저 캄캄히 줄지어 선 구멍들, 날 죽죽 끌어내리던 어둠이야 하염없겠지만 이제 네 뽀송한 감촉에 홀려, 아니 네 존재에 업혀 심연들을 건너뛸 수 있을까?

정경 2

　내가 잊은 모든 것을 아이는 기억한다 조간신문의 향기와 아침 우유의 싱싱함, 턱과 가슴으로 줄줄 흐르는 생의 즙을 핥는 탐욕스런 입술, 마치 압지처럼 흥건히 빨아들이며 숱한 경계와 켜를 지우며 살을 섞는 무구한 유희, 그리고 달큰한 피로에 잠겨 잠이 들 때의 완벽한 방임 무의도의 아름다움, 난 죽어도 못 하는 사랑…… 그런데 이 모든 것을 잊는단다 어쩜 이도 어른을 위한 상(像)이겠지만 윤무의 환(環) 속에 언젠가 종마 같은 처녀가 되어 날 할퀴며 떠나갈 그 배반까지도 얼마나 황홀한가.

정경 3

목마를 탄 아이가 스프링처럼 튀어오른다 하늘을 찌를 듯 팡팡 솟구치다 가뿐 내려앉는 리듬을 감지하자 더욱 미친 듯이 몸을 굴려, 창공 그득 생생한 피톨이 튀어오르고 배면의 초록 잎사귀들에 넋을 잃는데 아악 비명이 솟구치며 바닥으로 구르는 아이…… 보아주지 않았던 거다, 단 한 순간 제 존재가 잊혀진 틈에 경악하며 튕겨오를 힘을 잃어버린, 그렁그렁한 눈으로 거푸 상처를 내보이는 적나라한 누설 본능, 자아의 제동도 굴절도 없는 이 뭉클한 날것으로부터 내 한치라도 더 자란 적이 있을까.

수화(手話)

선혈 같은 사루비아 후두둑
지는 날,
한 무리의 아이들이 간다
가화(假花) 같은 손수건을 꽂고, 귀를 쫑긋거리며
자박자박 둥근 무덤들 사이를 돌아
전사한 아버지를 잊고, 극적인 복수를 꿈꾸는 형을 떠나
비명을 삼키며
어머니는 끊임없이 싱싱한 아이들을 낳지만
숨소리도 죽여, 땅이 아프잖니?
흰 운동화코로 넘어지는 햇살
여린 손가락들 꽃처럼 피어
난 더이상 자라지 않겠어, 혀를 깨물며
눈부신 경고처럼
깜찍한 폭탄처럼
착란의 역사를 탈색시키며
외곽을 빙빙 도는 아이들
수북한 탄피를 밟아도
아무것도 피하지 못하고
파편들 흥건한 발바닥······

불길한 삶과 불온한 욕망의 긴장

김 진 수(문학평론가)

1

개념적인 논리가 아니라 이미지들에 의한 시적인 논리라는 의미에서도 윤효의 시들을 비교적 논리적으로 읽어내기란 그리 쉬운 일이 아니다. 이미지들의 보폭이 크고 비약이 심할 뿐만 아니라 생략과 단절이 빈번하게 개입되는 그의 시들이 그려내는 풍경은 표현주의나 초현실주의의 낯선 화폭을 떠올리게 하기 때문이다. 그렇다는 것은, 이 시인의 시들이 분방한 상상력과 아울러 강한 표현성과 암시성을 동시에 지니고 있다는 뜻이기도 하다. 냉소와 야유의 시선으로 직조된 이러한 암시적인 표현들은 이 시집에서 알 수 없는 불안과 공포의 감정을 환기해낸다. 섬뜩하도록 날선 감성과 불온한 열기를 지닌 이 시집은 일상의 풍경 속을 꿰뚫어 그것이 지닌 표면적인 의미를 전복시키는 심연의 상상력을 기조로 하고 있는 것이다. 이 '전복의 상상력' 이 윤효가 지닌 시적 개성이자 창조력의 바탕이 된다.

일상의 전복을 꿈꾸는 시인의 불온한 욕망이 저 심연의 깊이에서 끌어올리는 것은 어떤 불길함의 징후들이다. 윤효의 시들에서 저 불온한 욕망이 냉소와 야유의 시선을 만들고, 이 불길한 징조들이 불안과 공포의 감정을 유발한다. 이러한 분위기와 감정의 저변을 형성하는 것은 아마도 시인의 시적 자아가 지니고 있을 어떤 상실의 아픔이나 상처의 흔적들인 것 같다. 저 시적 자아는 그것들을 부정하고 은폐하려고 하지만, 그 흔적들은 그럴수록 이러한 노력의 부질없음을 강력하게 증거하고 있다. 시인의 그러한 태도는 원초적으로 내상을 입은 자의 세상에 대한 예민한 자의식적 반응과 유사하게 보인다. 이 시집에서 자주 사용되는 생략법과 말없음표, 그리고 더듬거리는 어투와 간헐적인 감탄사, 행갈이가 거의 고려되지 않은 시작법과 단편(斷片) 등은 주체할 수 없는 감정의 과잉을 드러내는 일이며 또한 그 과잉에 대한 자의적인 매듭을 짓는 일과 다름없다.

이 시집의 시들을 이끌고 있는 주된 모티프는 추락과 하강의 이미지이다. 그것은 '낙법' 이나 '추락', 또는 '몰락' 과 같은 시어를 통해서 직접적으로 드러나고 있지만, 그런 표면적인 관점에서보다는 더욱 본질적인 측면에서 시인의 상상력은 사물과 일상의 표면을 뚫고 내려가는 수직적인 깊이의 방향성을 지니고 있다는 점에서 한층 커다란 의미를 지닌다. 시인에게 있어서 일상이란 "고독과 욕정 사이를 시계추처럼 오갈 뿐"(「게임 테이블」)인 무의미한 반복에 지나지 않는다. 그러한 인식이 이 시집에서 환멸을 불러내는 원인이 된다. 그러나 이 무의미한 일상으로부터의 하강과 추락의 심연에서 독자들이 만나는 사태 역시 긍정적인 것들은 아니다. 그 심연에는 시인의 시적 자아의 내상들인 유년기의 가족사적인 상처나 "무모하도록 순박한 근본주의자였던"(「K에게」) 청년기의 이념의 패배와 실연의 아픔 등이 자리하고 있다. 그러므로 저 시적 자아가 "비통한 추락을 동경"(「게임 테이블」)한다고 말할 때조차 이 동경은 일상의 환멸에 대한 역설로 이해되어야 한다. 왜냐하면 "엄마 엄마 어디 있어, 그만 돌아가고 싶어, 이 재투성이 화덕에서 날 꺼내주세요"(「늙은 여자의 노래」)라고 시인이 노래할 때, 저 추락에의 동경은 사실상 자궁과 고향 회귀를 꿈꾸는 욕망의 이면이기 때문이다.

이러한 몰락에의 동경과 무의미한 반복으로만 영위되는 일상의 삶 사이에서 말하자면 일종의 부조리가 발생한다. 실존주의자들의 용어법에 따라서 부조리를 의식이나 삶의 어느 한쪽에서가 아니라 그 양자 사이의 대응에서 생겨나는 것으로 본다면, 우리는 무의미한 습관에 의해 지속되는 일상의 삶과 그 무의미의 의미를 묻고 그것을 넘어서려는 시인의 의식이나 욕망 사이의 관계에서 부조리라고 부를 수 있는 어떤 상태를 발견할 수 있다. 윤효의 시에서 불안과 공포의 이미지들이 섬뜩하도록 자주 등장하는 것은 이러한 세계의 무의미와 의미를 추구하는 의식 사이의 화해할 수 없는 거리와 무관하지 않다. "산다는 것, 그것은 부조리를 살게 하는 것이다"라는 실존주의자 카뮈의 저 유명한 명제는 최소한 윤효의 시에서는 진실인 것처럼 보인다.

이 시집에서 빛과 가벼움의 이미지들이 어김없이 냉소와 야유의 시선을 동반하여 부정적인 양상을 띠고 있는 것도 저 부조리에 대한 인식과 관계되어 있다. "포물선을 그리며 공처럼 튀어오르는,/삶도 가볍고 죽음도 가볍다"(「유리동물원/잠행」)라고 시인은 쓰지만, 이 언술 속에서 독자들이 느끼는 것은 어떤 냉소와 야유의 분위기이다. 그러나 "저 빛, 섬모와 실핏줄까지도 들춰내는 투명함을/견딜 수 없어 와스스 부수면"(「유리동물원/실종」) 같은 시구나 "아아 저 고무줄 끝에서 통통거리는/물방울 같은"(「가족 사진」) 구절의 예에서처럼 빛과 가벼움의 이미지들은 저 심연의 상상력이 투사하는 어둠과 무거움에 대위법적으로 자리하고 있어서 이 시집에 긴장을 불어넣는 요인이 된다. 우리는 저 빛의 가벼움을 시인의 시적 자아가 지니고 있을 욕망의 흔적들이라고 하자. 그렇다면 "그토록 전복하려던 세상"(「K에게」)의 저 심연의 무게는 절망의 자리가 될 것이다. 윤효의 시들은 저 "욕망과 절망의 눈금"(「유리동물원/1505호 여자」) 속에서, "환상과 환멸 사이의 곡예"(「중년 3」) 속에서 움직이고 있다.

2

테네시 윌리엄스가 1944년에 쓴 작품명을 시제로 삼은 「유리동물원」 연작은 윤효의 시세계를 이해하는 데 중요한 바탕이 된다. 원작의 주제처럼 윤효의 시세계 역시 아무런 희망 없이도 지속되는 "이 불길한 생"(「무방비 도시 1」)의 풍경을 탐사하고 있다. 그것은 흔히 평온을 가장한 일상의 모습으로 등장하지만, "화장으로 무참히 얼룩진"(「중년 2」) 그 일상의 뿌리를 더듬는 시인의 불온한 촉수에 감지되는 것은 오직 환멸만을 불러올 뿐이다. 물론 그러한 삶은 도피처를 요구하겠지만, 시인에게 있어서 그것은 유년의 가족의 틀 안에서도, 이십대의 이념에 대한 열정에서도 그리고 삼십대에 접어든 지금에는 미래에 대한 그 어떤 희망 속에서도 발견되지 않는다. 그런데도 이 불길한 삶은 "고독과 욕정 사이를 시계추처럼 오가"며 지속되는 것이다. 이 무의미한 삶의 지속과 그것을 단절시켜 몰락하고픈 저 욕망 사이의 불화가 이 시집의 가장 핵심적인 긴장 구조이다.

이 시집에서 간혹 "언젠가 종마 같은 처녀가 되어 (……) 떠나갈 그 배반까지도 얼마나 황홀한가"(「정경 2」)라는 해방의 이미지나 "목마를 탄 아이가 스프링처럼 튀어오른다 하늘을 찌를 듯 팡팡 솟구치다 가뿐 내려앉는 리듬"(「정경 3」) 같은 가벼움의 이미지들이 등장하지만, 그러한 것들은 다만 저 일상을 벗어날 수 없는 현재적 상황에 대한 알리바이로써만 작용하고 있을 뿐이다. 그리하여 "달아나면 무얼 하겠니 그저

이 열탕에서 내가 낳은 죄를 혹독하게 앓다 순간순간 환각처럼 넘어서겠지만 아들아 문조차도 네 속에 있는걸"(「가계(家係)」) 같은 구절이 나온다. 저 일상의 심연에는 "무정란"이나 "인화되지 못한 욕망들"(「중년 3」)이 자리하고 있는 것이다. 그러나 삶의 비극은 그 일상을 벗어날 수 없다는 데에 있다. 삶을 영위하는 모든 존재는, 시인의 시구를 빌려 말하자면, "와인잔 속의 금붕어"(「늙은 여자의 노래」)에 지나지 않는다. 이 금붕어는 죽음을 대가로 지불하지 않고는 저 잔의 테두리를 영원히 벗어날 수가 없는 것이다.

　"희고 얇은 길들이 하염없이 풀리"(「생채화」)는, "허공으로 풀어뜨리는 저 새하얀 상실의 선(線)"(「낙법(落法) 2」)으로서의 이 불길한 삶이 언제 끝날지는 신만이 알 뿐이다. 존재들의 삶은 오로지 저 상실의 "길을 질질 끌고 가는"(「질경이」) 것에 불과하다. "여기선 아무도 빠져나가지 못한다".(「유리동물원/미스 M」) "모든 몸부림을 짓뭉개고 가는 바퀴를 굴리는 손"(「유리동물원/실종」)으로 상징되는 저 시간의 축적으로서의 삶은 따라서 가혹한 것이다. 시간의 영속과 그 무의미한 시간의 지속을 의미있게 지탱시켜줄 온전한 가치의 부재라는 이율배반이 바로 삶의 부조리이다. 시인은 가족에서도 이념에서도 미래에서도 삶의 이러한 무의미를 반전시켜줄 어떤 가치도 발견하지 못한다. 따라서 시인의 시적 자아는 "애초에 온전한 건 아무것도 없었지"(「늙은 여자의 노래」)라며 허무의 "거북한 포즈"(「예감(豫感)」)를 취하기도 하고, 또한 "돌이킬수 없어"(「포트폴리오 ＄he's 2」)라며 삶의 관성을 비극적으로 인식하는 것이다. 그럼에도 불구하고 삶 자체는 근거를 알 수 없는 욕망을 동력으로 하여 멈추지 않고 굴러가고 있다.

윤효의 시에서 특징적인 것은 시간에 대한 인식소가 지배적이라는 것이다. 「29세」나 「삼십 세」 등의 시들을 포함하여 「처녀」나 「중년」 연작 등의 시들 역시 시간의 흐름에 대한 시인의 예민한 반응을 보여주고 있다. 말할 것도 없이, 삶은 시간과 더불어 지속된다. 이러한 시간적 인식소의 등장은 따라서 필연적으로 기억과 추억을 윤효의 시에 불러들인다. 왜냐하면 시간의 지속은 결국 기억을 산출하기 때문이다. 삶의 불길함 역시 시간의 지속의 결과로서 기억과 관련되는 것이다. "잘 익은 열대 과일처럼 싱싱했던 그녀"(「유리동물원/잠행」)와 "활어(活魚)처럼 싱싱한 그녀"(「처녀」)는 시간과 더불어 늙어가고 마모되어간다. 그러나 이러한 육체의 마모에도 불구하고 욕망은 노쇠하지 않는다는 데에 비극이 존재한다. 시인은 그 점을 "육체는 낡아도 왜 욕망은 식지 않을까"(「유리동물원/잠행」)라고 간략하게 자문한다. 시간의 지속과 더불어 육체는 낡아 쇠잔해가지만, 그러나 "까무러쳐도, 또 까치발하는"(「낙법(落法) 1」) 이러한 욕망의 부단함은 삶의 비극이다. 저 욕망을 동력으로 하여 무의미한 삶은 "오토리버스"(「일화(逸話)」)되고 "리와인드"(「사하라 통신」)되는 것이다. 이러한 삶이란 폭력과 다름이 없다. "그렇다, 근본적으로 삶은 폭력적이다"(「파편(破片)들」)라는 명제는 윤효의 시세계를 관통하는 메시지가 된다. 그러한 삶의 폭력성은 이 시집에서 "형틀"이라는 상징을 부여받고 있으며 또 "왜 죄악 속에서만 삶은 만져지는가 / 기쁨에선 늘 화약 냄새가 나지"(「예감(豫感)」) 같은 구절에서 단적으로 보여진다.

이토록 불길하고 폭력적인 삶에 대항하는 시인의 전략은 '기억의 추방'과 '욕망의 은폐'라는 방식이다. 삶이란 본질적으로 시간 속에서 욕망들에 의해 영위되는 것이다. 그러므로 이러한 대응전략이 목표하는 바는 곧 '삶의 무효화'라고 할 수 있다. 기억의 추방이란 지속되는 시간성의 부정이며, 욕망의 은폐는 삶을 작동시키는 기제를 봉쇄하는 일이기 때문이다. 이를테면, "난 더이상 자라지 않겠어"(「수화(手話)」)라는 강한 의지의 표현이나 "차라리 늙어버리면, 아주 늙어버렸음 좋겠어"(「우울한 스케치 1」)라는 구절, 또는 "희망의 윤곽을 짓뭉개며 흔들의자에 앉아 훌훌 묵시록을 넘기는 아이"(「무방비 도시 3」) 등의 시구가 의미하는 바는 곧 시간의 부정과 삶의 무효화인 것이다. 『양철북』의 난쟁이 '오스카'는 바로 이러한 시간의 부정의 상징으로서 이 시집에 등장한다. 또한 저 욕망의 은폐는, 가령 "양각되지 않는 생"(「무방비 도시 2」)이나 "인화되지 못한 욕망들"(「중년 3」), "감광되지 않는 젖은 필름"(「생채화」) 같은 구절 속에서 보여진다. 그것은 "죽어도 길들여지지 않겠다"고 다짐하며 "내 속에 매복한 한 마리 짐승"(「중년 3」)의 이미지를 갖고 있다. 다음의 시를 보자.

탱탱한 만삭의 달이 뜬다 희고 둥근 젖가슴, 두 무덤 위로 혼곤한 미열에 달뜬 그녀 어둠을 베어먹던 푸른 입술로 뛰쳐 나와…… 바르르 떠는 문풍지…… 흰 그림자가 덜컹이는 베틀, 형

틀에 앉아

　　　　　　　　　　　　　　—「직녀(織女)」 중에서

「직녀(織女)」라는 제목이 붙은 위의 시는 저 욕망을 은폐하려는 시적 자아의 노력을 보여주고 있는 것처럼 보인다. 첫 연의 "만삭의 달"로 은유되는 에로틱한 욕망의 표현은 다음 연에서 이어지는 "기다리는 이가 오지 않으리라는 것쯤/잘 알고 있어요"라는 구절을 통해 부정되면서, "그저 이 열망 끊어낼 수 없어 혹독하게 앓는 병"에 불과한 것으로 그 의미를 격하당하는 것이다. 이 시집에서 달은 욕망의 상징으로 등장하고 있는데, 가령 "밤, 거짓말쟁이의 달, 욕망의 달이 뜬다"(「무방비 도시 1」)라는 구절이 그러한 점을 분명히 하고 있다. 그러나 "욕망의 달"이라는 은유는 쉽사리 납득되지만, "거짓말쟁이의 달"이란 무슨 의미인가? 저 욕망은 왜 거짓말쟁이인가? 그것은 시인에게 일상의 현실에서는 이루어질 수 없는 것으로 보이기 때문이다. 실현불가능한 욕망은 거짓된 욕망으로 치부되는 것이다. 이같은 욕망의 은폐와 부정은 기억의 부정과 더불어 이 시집의 중요한 모티프로 작용하고 있다.

3

　윤효의 시적 자아는 기억의 추방이나 욕망의 은폐라는 전략에서 더욱 나아가 차라리 '기억의 부재'나 '욕망의 무화'라고 할 수 있는 상태에까지 이른다. "기억이 없는 저 투명한 빛살"(「상처」)이나 "기억의 갈피갈피를 들춰도 아직 불러낼 추억이 없어"(「삼십 세」)라는 구절들이 '기억의 부재'와 관계된다면, "아무도 사랑한 적이 없다, 나조차도"(「예감(豫感)」)라는 구절이나 "날개 같은 건 처음부터 없었던 거야"(「29세」)라는 진술은 '욕망의 무화'와 연관된다. 그것은 곧 삶의 무효화일 뿐만 아니라 동시에 시인 자신의 부정이기도 하다. 왜냐하면 자아란 시간의 지속에 의한 기억의 축적에 불과한 것이고 또 욕망이 드나드는 출입구에 불과한 것이기 때문이다. 따라서 기억의 부재와 욕망의 무화는 이러한 자아의 분열과 해체를 가져오게 된다.

　이 점에서 윤효의 시는 전통적인 서정시의 작법과 상당한 거리를 두고 있다. 서정시란 기본적으로 기억에 의한 주체의 자기동일성의 시학이며 세계와의 일체감의 표현이기 때문이다. 윤효의 '비서정적인' 시들은 기억의 논리 저편의 풍경을 탐사하면서 세계와의 단절과 불화의 의식을 첨예화하고 있는 것이다. 따라서 이러한 '기억의 부재'의 시학은 당연히 파편화된 현재의 충실로 나아간다. 이 현재는 과거의 기억이나 추

억과는 단절되어 있으며, 그 점에서 마찬가지로 미래의 시간
과도 단절되어 오로지 파편으로만 존재하는 순간에 지나지
않는다. 이 파편화된 순간으로서의 현재, 자아의 동일성이 유
지되지 못하는 분열로서의 현재, 이러한 순간에의 탐사에서
윤효의 시는 그 의미를 부여받을 수 있다.

그렇다면 도대체 저 기억의 밑자리에는 무엇이 있어 그것
은 그토록 부정되고 무화되어야 하는 것일까? 저 시적 자아
의 의식의 내면풍경을 이루는 원초적인 밑그림에는 유년의
가족사가 각인되어 있다. 그 '가계(家系)'를 보면, "칸나꽃처
럼 키 큰 아버지, 꿈꾸는 아버지, (……) 세상 속의 자리를
잃고 돌아와 비좁은 방 한켠을 그득 채우던, 풀 꺾인 욕망의
잔해들을 곱씹으며 허기와 취기 속에 삭정이 가지처럼 여위
어가던 아, 아버지"(「가계(家系)」)가 있다. 그리고 "음지식물
처럼 서늘한 어머니, 미동도 없이 달아나면 무얼 하겠니 그저
이 열탕에서 내가 낳은 죄를 혹독하게 앓다 순간순간 환각처
럼 넘어서"(「가계(家系)」)려는 어머니가 있다. 또한 "난 철들
자마자 가출을 꿈꾸는 딸 저녁이면 다 붙어 상(傷)한 밥을 퍼
먹는 밥상의 결속이 지긋지긋해"(「별곡(別曲)」)라고 노래하는
어린 시인이 있다. 다시 말해, "난파한" 아버지와 "서늘한"
어머니, "가출을 꿈꾸는" 딸로 구성된 이 유년의 집은 "무너
진 집"(「가계(家系)」)이다. 그것은 이 시집의 전체적인 분위
기를 지배하는 상징이 된다. 그리하여 이 "무너진 집"(「가계
(家系)」)은 이 시집에서 곧장 "무너질 집"(「장마, 1994년 서
울」)에 대한 예감으로 이어지는 것이다. "무너진 집"과 "무너

질 집" 사이에서 존재하는 현재의 일상은 "혼선, 혼음, 불통
(不通)"(「장마, 1994년 서울」)의 삶을 이룬다. 그러나 다른 한
편에서 시인은 이 심연의 어둠을 넘어서 빛과 가벼움으로 표
상되는 것들에 대한 동경을 지니고 있다. 이 시집에서 드물게
보이는 가벼움의 이미지들로 직조된 「정경」 연작을 보라.
「정경 2」라는 시에서 저 "아이"의 이미지는 시인의 동경의
표적이 된다.

> 내가 잊은 모든 것을 아이는 기억한다 조간신문의 향기와 아
> 침 우유의 싱싱함, 턱과 가슴으로 줄줄 흐르는 생의 즙을 핥는
> 탐욕스런 입술, 마치 압지처럼 흥건히 빨아들이며 숱한 경계와
> 켜를 지우며 살을 섞는 무구한 유희, 그리고 달큰한 피로에 잠
> 겨 잠이 들 때의 완벽한 방임 무의도의 아름다움, 난 죽어도 못
> 하는 사랑…… 그런데 이 모든 것을 잊는단다 어쩜 이도 어른을
> 위한 상(像)이겠지만 윤무의 환(環) 속에 언젠가 종마 같은 처
> 녀가 되어 날 할퀴며 떠나갈 그 배반까지도 얼마나 황홀한가.
>
> —「정경 2」 전문

기억과 욕망을 부정하여 삶을 무화시키려는 시인의 의식과
는 달리 모든 것을 기억하고 또 "생의 즙을 핥는 탐욕스런 입
술"을 가진 저 "아이"는 단적으로 말해 삶의 화신인 셈이다.
또한 역설적으로 말하자면 저 아이야말로 "윤무의 환"으로서
의 무의미한 일상의 삶을 '배반'하고 탈출할 수 있는 해방의
이미지이기도 하다. 어쩌면 저 아이는 일상의 전복을 꿈꾸는

불온한 욕망을 지닌 시인의 시적 자아의 분신일지도 모른다. 그러나 저 배반과 전복은 과연 성공할 것인가? 시인은 거기에 대해서 아마도 회의적일 것 같다. 왜냐하면 저 배반조차도 또다시 부의미한 일상의 삶에 묻힐 것이므로. 일상의 지속에도 불구하고 상처없이 순결하게 살아남을 수 있는 영혼은 없으므로. 그리하여 시인은 오히려 상처없는 영혼 속에서 어떤 불길함을 읽어내는 것이다. "불길하도록 하얀 그녀가 납빛 얼굴로 묻는다"(「환(幻) 2」)라는 구절처럼 "하얀 얼굴"에서 시인이 읽어내는 것은 "납빛 얼굴", 곧 불길한 죽음의 이미지이다. 그러한 발상법은 "길이 막힌다 결혼식 때문일까? 간밤에 장례식을 치른 하객들이 푸석한 봄볕 아래 빳빳이 성장(盛裝)한 채"(「무방비 도시 4」)라는 구절에서 결혼식을 장례식과 병치하는 데서도 드러난다. 삶의 이면을 이미 보아버린 저 시인은 이제 오로지 '통증' 속에서만 자신의 현존을 증명할 수 있을 뿐이다.

선술집 젓가락의 끈적한 실연가, 발설의 허무를 못 견딘 시인은 헛것의 발길질에 치여 날고기를 씹으며 지루한 농담이지, 고개를 젓다가도 화드득 살아나 동전으로 복권을 북북 문지르는 생생한 절망, 죽은 제 아홉 머리를 들고 담장을 넘는 도둑고양이의 습관성 유산 같은 결락(缺落)이여, 기억이 없는 저 투명한 빛살…… 단 하나의 증명처럼 닌 아직도 아프디오, 이 통증, 지긋지긋한 연인!

—「상처」 중에서

시인은 이 불길한 일상에서도 살 수 없지만, 그렇다고 저 불온한 욕망을 충족시킬 수도 없다. 아니, 충족될 수 없음을 알고 있다. 왜냐하면 저 욕망이 현실화하는 순간 그것은 다시 일상의 평온을 가장한 불길한 생 속에 파묻혀버릴 것이기 때문이다. 그렇다면 도대체 "우린 누구의 생을 살다 가는 것일까?"(「중년 2」) 이 물음은, 삶은 존재들의 의지와는 아무런 상관 없이도 지속된다는 비극적 인식을 내포하고 있다. "우린 다만 신(神)의 무심한 투망질에 걸린 물고기떼"(「막간(幕間)의 노래」)일 뿐이다. 그리하여 모든 존재들은 다만 "눈을 뜨고/회 쳐지면서도 모든 것을 보겠다는 듯"(「수평선의 넋」) 자신의 해체와 상실을 선명한 의식 속에서 감내하는 수밖엔 없는 것이다.

시인에게 있어서 모든 삶은 이중의 의미에서 상처와 통증을 지니고 있다. 무의미한 반복으로서의 일상과 그 무의미를 의미있게 지탱시켜줄 기억의 부재라는 의미에서 그렇다. 저 삶은 "자꾸 보폭이 어긋나는"(「삼십 세」) 수밖에 없다. 저 삶과 의식의 "영원한 불협화음"(「무방비 도시 1」) 속에서 "등과 등 사이로 패이는 캄캄한 심연, 부재(不在)보다 더 비통한 거리"(「우울한 스케치 2」)로 부조리가 존재한다. 그렇다면 남아 있는 길은 무엇인가? 시인은 답한다. "두 발을 자르자 더 깊숙이 뿌리내리며"(「환(幻) 2」) "이 자상(刺傷)투성이의 육체로/살아남겠어요, 결연히!"(「생채화」) 그러나 무엇 때문에? 삶이란 어떻게든 지속되려는 식지 않는 '욕망'의 관성이기 때문에? 아니다, 삶이란 저 부조리에 대한 저항으로서의 실존의 자리이기 때문이다. 그러한 실존적 저항의 상징으로서 시인은 "저기 절뚝이며 집을 관(棺)처럼 지고 가는 행려병자 어, 어머니"(「별곡(別曲)」)의 뒷모습을 보고 있다. 그 어머니는 "깨진 오지그릇에 푸슬한 흙을 담아 연한 파뿌리 꾹꾹 눌러" 심고 계시다. 그러니, 이제 시인에게 남겨진 작업은 저 "파뿌리"를 심는 행위의 의미를 탐사하는 것일지도 모른다.

게임 테이블

초판인쇄 · 1997년 11월 1일
초판발행 · 1997년 11월 11일
지은이 · 윤효 / 펴낸이 · 강병선
펴낸곳 · (주)문학동네
주소 · 110-521 서울시 종로구 명륜동 1가 31-9
          http://www.munhak.com
출판등록 · 1993년 10월 22일 제22-188호
전화번호 · 765-6510~2, 743-2036 / 팩스 · 743-2037

값 4,000원

ISBN 89-8281-084-6 02810